让世界近看内蒙古 呼伦贝尔

呼伦贝尔美

石玉平 主编
姜苇 著
尚永强 摄影

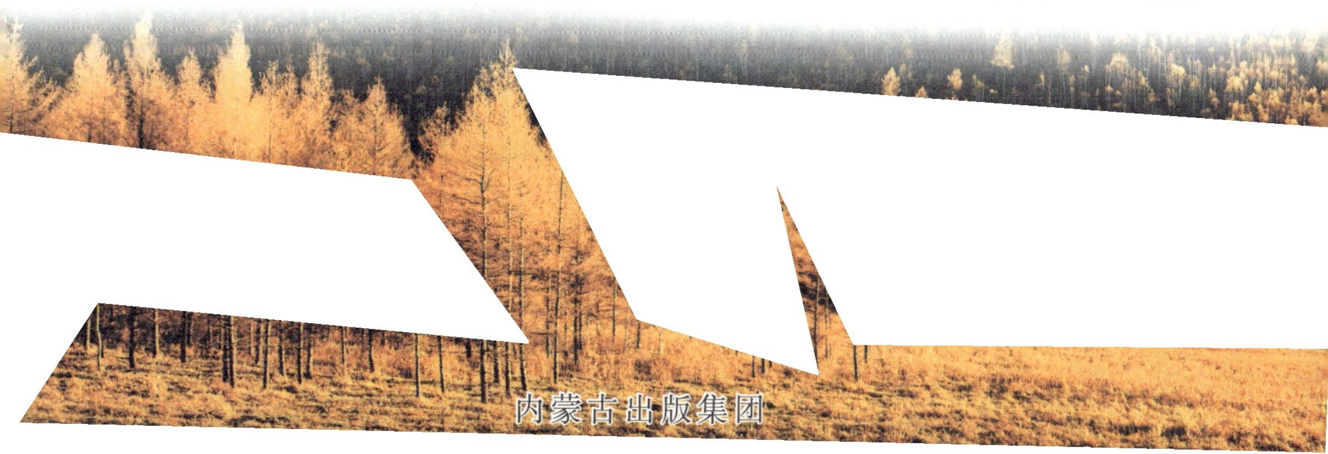

内蒙古出版集团

跟 我 去
呼伦贝尔
呼伦贝尔美

石玉平 摄

石玉平 摄

石玉平 摄

目录

额尔古纳市
根河市
鄂伦春自治旗
陈巴尔虎旗
呼伦贝尔市
牙克石市
鄂温克族自治旗
新巴尔虎右旗
新巴尔虎左旗
扎兰屯市
阿荣旗
莫力达瓦达斡尔族自治旗

前言

呼伦贝尔，远在天边的思念。

在这样一个寂寞的夜晚，我拿着孤独的笔，为你写下这一生一世的迷恋！

深夜，被掀开的思念，一个一个……数到我手指颤抖。

这是一个雨夜，淋湿了的空气，疲倦了的内心。记忆中，童话世界已经开始慢慢融化。时间流转着，孤单了这么久，我却回到了最初的模样。

雨，淋着心底最是柔软的地方。

雨，模糊了记忆；风，摇曳了灯光。有些失去，是注定的，而有些缘分是永远不会有结果的。世界上没有任何东西可以永恒，如果它流动，它就会流走，如果它静止，它就会干枯，如果它生长，它便会慢慢凋零。

哲人无忧，智者常乐。我却在这样的一个雨夜，抱拥着忧丝和悲伤。倾尽全部的热情，去读这忧伤的雨夜。于是，雨醉了，夜醉了，我也醉了。

我所有的思念，也曾梦里相会，也曾笔墨留香。思念，变成了一种梦想。如何使梦想成真？便是从梦中醒来！

你可否有勇气站在你的记忆深处？你可否有勇气面对你的思念？你可知道，这是心底最为颤栗的瞬间？

思念一个地方，如同思念一个人。你会不会忽然出现？在街角的咖啡店。我会带着微笑，不说从前，只说一句“好久不见”！

走完这条街，回到两个世界。一场错开的花季，我将手中的画笔散落，乱了晴天里的阴霾，终是成了剪影。

走完这段思念，回到哪里去疗伤？

当记忆转换成文字，只为重拾记忆。一纸愁情，乱了我的世界。低头间，写伤了一片天。谁又能理解谁的深情，谁又能理解谁的离开。许下的承诺，都是欠下的债。

每个人的通讯录里，都会有那么一个你永远不会打也永远不会删的号码；每个人的心里，都会有那么一个你永远不提也永远不忘的人；每个人的脑海里，都会有那么一个永远不凋零也永远不生长的风景。

一个承载梦想的风景，远在天边。

呼伦贝尔，它的神秘莫测，它的魅力独特，诱惑着我的心。一心想拥有着所见到的美丽，把它拥揽入怀？把它深吸于心？侧目而视时，它依旧在我身旁独立，不远不近地陪伴着我，忽隐忽现地吸引着我。不管怎样，呼伦贝尔是无法被我所拥有，呼伦贝尔是独立的。

这样，我便心生迷惑，人类的拥有之心从何而来？既然没有真正意义上的拥有，为何要有这煎熬之心？

雨绵绵，绿绵绵，绵绵的心绪编织着我绵绵的梦想。

苍穹之中，把自己编在什么位置？徘徊不定，我便在苍穹中飘摇。

所有苦涩的孤独，直到你决定迈开双脚去行走的那一刻，都有了归途。

去草原，拯救自己！

期待草原给我一种力量，冲淡我内心的害怕，我怕失去的一切，我怕独自面对的孤单。让我有足够的力量，和足够坚强的目光，去看世界。

草原行

七绝二首
石玉平

一

新雨潇潇洗碧山，
嫩江汩汩沃苍原。
花摇草动千层浪，
歌起云开一线天。

二

旷域宽怀纳百川，
由疆信马向云岚。
轻蹄叩醒荒芜地，
健翅撩开玉宇天。

雪原夜

五言古风
石玉平

穹蓝映血月，
赤马踏梨花。
天际烟斜处，
微灯透暮纱。
吠声问远客，
嘶鸣相应答。
平生素不识，
拂肩去霜华。
席地衣未缓，
糙手献烹茶。
泥炉香炙气，
银碗红面颊。
民风存古朴，
唯有牧人家。

呼伦贝尔美

呼伦贝尔，得名于呼伦湖和贝尔湖。呼伦，蒙古语，译为“水獭”；贝尔，蒙古语，译为“雄水獭”。

民间关于“呼伦贝尔”名称的来历，有一个优美的传说：很久很久以前，草原上一个勇敢的蒙古族部落里，有一对情侣，女的能歌善舞，才貌双全，叫呼伦；男的力大无比，能骑善射，叫贝尔。她们为了拯救草原，追求爱情，与草原上的妖魔奋勇搏杀，女的化作湖水淹死了众妖，男的为寻找女的勇敢投湖，于是，她们双双化作了世世代代滋润草原和她的子民们的呼伦、贝尔二湖。

呼伦贝尔，是北国碧玉。

呼伦贝尔草原，不需日久生情，不需时间的等待，一见便倾心。相思之苦，却是相见时那一次轻触即可融化的冰。

呼伦贝尔之春

呼伦贝尔的春天，是那黑土地上轻悠悠的一抹新绿。

春天的幻想，是在翠意渐浓的过程中完成的。土地呈现一片崭新。多情的春风把大地唤醒，撩拨绿意复苏，愈抚愈浓，直到唤醒所有生命，直到大地变了颜色。

刚刚苏醒的土地，一丝羞涩，一丝含蓄，一丝娇媚，阻止着我欲触的双手，心生爱怜。只把满眼的柔情，凝聚在一片翠色之中。

呼伦贝尔的春天，是翠而妩媚的。

早春的翠，最为娇柔。那初生的枝叶，那欲滴的颜色，仿佛一碰就化了。“天街小雨润如酥，草色遥看近却无”。薄如轻纱的颜色似一腔柔情，各种新鲜的、干净的色彩，把天地间装扮。

呼伦贝尔的春天，是带着独特味道的。

湿湿的，夹裹着泥土的味道，还有混合着一股草香，一股树木呼吸的味道。深深地吸一口气，让这味道占满了心怀，便是难忘了。

这样交织一起的混合味儿，我把它称作春天的味道，只是呼伦贝尔春天的味道。间或，会闻到一丝这其中的一缕味道，便瞬间忆起了那遥远的思念。

呼伦贝尔的春天，是一个山花烂漫的时光。

朋友说，杜鹃花开了。

而我却还是被这满山遍野的杜鹃花开醉了心，我心戚戚。

白居易赞曰：“闲折二枝持在手，细看不似人间有，花中此物是西施，鞭蓉芍药皆嫫母。”

杜鹃花，也叫映山红。都说，当杜鹃花盛开的季节，便是爱神降临的时候；便在这时，与花海中，与这映满山红的杜鹃，呢哝花语。

凝固了一个冬天的冰，也妖娆在这个季节，舒展身姿，尽情释放万种风情，滑过大地肌肤，撩拨着万物复苏，撩拨着春意盎然。

扎兰屯

扎兰屯原来的名字是“布特哈旗”，关于“扎兰屯”和“布特哈旗”的真实含义和来历说法众多，而确切的含义是，“扎兰屯”是满语和汉语混用的称谓，“扎兰屯”史籍也写作“甲喇”，汉语称为“参领”，是清代八旗制度中下级武官的一种称谓。“参领”满语中也常称为“扎兰章京”，常设扎兰衙门，以管辖其属部。正因为扎兰屯市也曾有“扎兰屯章京”驻守，因此得名“扎兰屯”。

“扎兰屯”的来历是清顺治年间，由于沙俄匪帮的侵扰，生活在黑龙江北岸的索伦(鄂温克)、达斡尔、鄂伦春等族人民被迫迁至嫩江流域居住。清政府起初将达斡尔人编为三个“扎兰”，将索伦(鄂温克)编为五个“阿巴”(围猎区)。后又被合编为八旗，称布特哈八旗，并建布特哈总管衙门于今莫旗宜卧奇后屯。

光绪年间，清政府曾派一名“扎兰章京”在雅鲁河畔坐镇驻守，并设立了扎兰章京衙门。生活在这里的达斡尔、鄂温克、鄂伦春等人们便将“扎兰章京”居住的这个地方称为“扎兰爱里”了。

“爱里”为蒙古语，达斡尔为“村屯”之意，“扎兰屯”的意思就是“扎兰章京”驻地那个屯子。

随着汉族人增多，“扎兰爱里”又被叫成了“扎兰屯”。当 1903 年东清铁路即中东铁路在此地建成车站取名时，便将“扎兰屯”定为站名。从此，“扎兰屯”这个地名才固定下来。随着人口的增多和经济的发展，又由车站的名称逐渐变成城镇的地理名称而沿用至今。

“布特哈”是满语“打牲、渔猎”之意。

清朝康熙年间，清政府将嫩江流域的达斡尔、鄂温克、鄂伦春等少数民族统称“布特哈打牲部”，在今莫力达瓦达斡尔族自治旗尼尔基镇的宜卧奇屯建立了布特哈总管衙门，后来又升格为布特哈副都统衙门，并组建了布特哈八旗，今扎兰屯市境内的鄂温克族、鄂伦春族分别被编为镶红旗、正蓝旗和镶蓝旗。

光绪年间，清政府撤销了布特哈副都统衙门，以嫩江为界，设立东、西两路布特哈，今扎兰屯市境归属西路布特哈。

民国时期，扎兰屯地区曾设立雅鲁县，后伪满洲国兴安总局裁撤了雅鲁县，建立了布特哈旗。

这是“布特哈”的真正来历和含义，也是扎兰屯市的一段发展历史。

在扎兰屯，城市里有一条河，名字叫雅鲁河。有人说，如果一个城市有了河流，那就灵动了许多……这条雅鲁河，灵动了这座城市几经徘徊的柔情呢？又饱含多少似水的幽思呢？

这条河上，有一座桥。

在我心里，这桥，是我魂牵梦萦中无法摆脱的情丝，这桥，连接着我的心于扎兰屯之间特殊的情感。

如果每个人心里都有一座桥，那么，我心里的桥，就是这座桥。

我幻想着这桥是通向幸福快乐的桥，也幻想着这座桥连接着我的血脉。当我再次站在这桥上，我知道，是它让我跨越了凡俗，走向靓丽的花季。

大桥下，仰望着桥，而脚下的土壤里，种下了我的情爱。河水边，涤荡着水一般的思绪，没有源头，也没有尽头……那个春天的弯月，可否还记得桥下边傻傻的两双眼眸？那个在春天苏醒了的桥，可否还记得就此滋生了的情愫，如此缠绕？

心路，在我的世界里，就是一座桥。

吊桥，和扎兰屯是密不可分的，它们之间血脉相承，缺一不可，我是这样认为的。

吊桥，始建于 1905 年，吊桥公园以园内“吊桥”而得名。

中东铁路是沙俄为了掠夺和侵略中国，控制远东而在我国领土上修建的一条铁路。中东铁路是“中国东清铁路”的简称，因此亦作“东清铁路”、“东省铁路”。1896–1903年，帝俄筑，以哈尔滨为中心，西至满洲里，东至绥芬河，南至大连。日俄战争后，南段（长春至大连）为日本所占，称南满铁路。民国后改称“中国东省铁路”，简称“中东铁路”。

中东铁路是横跨欧亚大陆的第一条铁路，这条连接整个东北大地的铁路，从诞生之日起就与政治和战争紧紧联系在一起。侵略与反抗、血与火、荣与辱、胜利与失败在这里交织、共存，几乎浓缩成一部近代中国史。

中东铁路通车后，园内只有悬索桥和衍桥，是专供当时的沙俄贵族们享乐的场所。解放以后，吊桥公园连年修缮，近几年，规模不断扩大和创新，吊桥公园正以其崭新的面貌、秀丽的风光，迎接着前来观光游览的客人。

吊桥，即悬索桥，两根巨大的铁索高悬于空中，黝黑的索链从四尊高大的汉白玉柱顶端孔口穿过，牢系在深插于地下的铁环上。铁索自高而下，中部呈一弧形，上面系有 42 根细铁索，将一座乳白色雕花栏杆木板桥吊悬于碧波上空，造型极为壮观。轻风掠过，铁索铮铮作响，行人往来桥上，桥身悠悠晃晃，如轻舟泊于水面，又如彩虹悬于飘渺云霭之中，大有飘飘欲仙、心荡怡然的舒畅感。紧与吊桥相连的，是一由 12 根钢筋吊起的拱桥桁桥。人在桥上一晃，桥身不停颤动，可持续十多分钟。悬索桥与桁桥形体不同，风格各异，犹如姊妹桥，二桥相连，统称吊桥。

吊桥公园还有望湖亭、三角亭、环行湖、月型拱桥、一柱亭等，园内古木参天，杨柳婆娑，亭台错落，绿草如茵，碧波荡漾，可谓是处处皆景。

世界上只有两座百年以上的吊桥，其中一座位于俄罗斯的伊尔库斯克，另一座就是扎兰屯吊桥公园中的吊桥。

扎兰屯市吊桥公园如今已是国家 4A 级景区，也是扎兰屯市地标式建筑之一。

老舍先生的《辛丑夏访扎兰屯》

诗情未尽在苏杭，幽绝扎兰天一方。
深浅翠屏山四面，回环碧水柳千行。
牛羊点点悠然去，凤蝶双双自在忙。
处处泉林看不厌，绿城徐入绿村庄。

这首老舍先生的作品，镌刻在吊桥一端，见证着吊桥公园的花开花落。今日摇曳的树梢，可否还是他日婀娜的枝柳？

踏桥而过，迎面花坛之后，矗立着一幢高大的影壁墙，上面白底黑字，镶嵌着叶剑英元帅 1962 年 8 月游览扎兰屯时留下的《扎兰屯》一诗手书：

雅鲁河畔扎兰屯，几派清流拥水村。
铁索悬空新瀑急，吊桥桥上忆长征。

当年中东铁路修建时，沙俄从这里掠夺大量的木材资源，将扎兰屯巨大的古树砍伐精光。但这里秀美的风光使得俄国人也留恋不已，所以修建了吊桥，并保留了这里的原始树木，成为俄国人休闲的地方。

吊桥巨大弯曲的钢架，那居然是用整根钢轨制成的，上面还有“1900”字样。

除了吊桥，便是秀水。秀水，初听名字，我还以为这是一条貌美如花的河。

从吊桥往北行，渐渐青山叠翠，山上铺满了的树木，流淌下来，停留在路的两旁，树越来越密，路下面的小河，时隐时现，时而环抱，时而蜿蜒流淌，像一个轻舞的美女，展尽风华。那落日的余晖，最是一抹动人的色彩，浓郁了这一片湖光山色，人们把这里称为“秀水”。

ПАВШИМ ЗА НАШУ
СОВЕТСКУЮ РОДИНУ

这里的河，也是雅鲁河。雅鲁河是鄂温克语，译为“清澈的河流”。

到达山顶的“三老亭”，我才知道，所谓秀水，真是万千风情，极尽婀娜了。

当年，老舍、叶圣陶、翦伯赞三位顶级文化大师来到内蒙古“访古”，是轰动一时的文化界大事，他们在扎兰屯留下了足迹，为纪念这件盛举，在三老到过的这座山顶修建了公园。这座山叫“大岭”，是扎兰屯和卧北的分界线。

1961 年夏天，应内蒙古自治区党委书记、区政府主席乌兰夫的邀请，老舍随全国文化参观团访问扎兰屯，一道前来的还有叶圣陶、翦伯赞、范文澜、曹禺、端木蕻良、吕振羽、胡昭衡等文化、政界名人。塞外扎兰屯旖旎的自然风光让访问团成员按耐不住心潮澎湃，诗情大发，纷纷挥毫泼墨，留下墨宝名篇。

“内蒙何处最销魂，雅鲁河畔扎兰屯；吊桥摇曳映碧水，环山碧岚隐柞林；绿荫深处寻夏梦，红叶梢头送秋云；人人都说江南好，只缘此地未登临。”（胡昭衡《赋扎兰屯》）

“山城细雨晚潇潇，秀水亭边柞叶凋。几夕风霜秋缥缈，满山林木自妖娆。遥望远岫青山叠，归忆溪流绿一篙。如此风光真是画，不须粉墨写鲛绡。”（翦伯赞《扎兰屯即景》）

老舍先生更是意犹未尽，一首《辛丑夏访扎兰屯》将他笔下的“塞上珍珠”描摹得淋漓尽致。

这颗珍珠，永恒了一种美丽。

南木，是扎兰屯市鄂伦春民族乡驻地，也是雅鲁河流经的地方，这个地方受地势影响，水流湍急。这里的雅鲁河是扎兰屯雅鲁河的上游，水流集中，不同于其他河段，水漫延四周，所以这里具备了漂流的天然条件，人们便纷纷前来这里，体验漂流的刺激。这也是在炎热的夏天，消暑的一个好游戏。

雅鲁河，是嫩江支流，发源于大兴安岭博克图附近，海拔 1266 米，河长 398 公里，主要流经呼伦贝尔的牙克石和扎兰屯，在黑龙江省龙江县东入嫩江。

流域面积 2.06 万平方公里，其中内蒙古境内 1.46 万平方公里，有济沁河、罕达罕河、阿木牛河、卧牛河等主要支流。

雅鲁河的水，清澈得几米深都能见底，河底的鹅卵石、水草均清晰可见。看见这么透明的水，给我的第一个感受就是“甜”，这种感觉来自什么我也不清楚。

这河水，干净的如同这里的山、这里的林、这里的空气和这里的人，这里的人淳朴得让人感动。那是一种久违了的却又如此熟悉的温暖。

鹿鸣山庄，是南木漂流的起点。树丛中有一些大小不一的木房子，充气的皮筏子被栓在河岸边。

漂流的另一个起点，是在一个叫“鄂伦春猎民部落”的景区。景区的大门是两个巨型的鹿角，角尖端镶嵌着精美的环箍。进入景区首先看见的是一个很大的花池子，正中是鱼和熊图形的雕塑，据说，这个图形代表了鄂伦春民族的狩猎习俗和渔猎习俗。

石佛山中，这里的雅鲁河，紧贴着一面石壁流过，河对岸是鹅卵石密布的石滩。巨大的石壁天然形成一个巨人的面孔，故此命名为“石佛山”。

崖壁上镌刻着星云大师的题词：“回头是岸”。

岸上有亭，亭子上面有著名书法家康庄的题词：“上岸亭”，这里，就是漂流的终点。整个漂流里程差不多有二十多公里，其中各种滋味只有亲自体会才会懂得它的精彩。

回頭是岸

柴河镇有一个美丽的名字——月亮小镇，初次听见这个名字,就已经让人心境如水了。

月亮小镇,源于这里的月亮湖。

月亮湖位于海拔 1278 米的基尔果山上,距柴河镇以西 40 公里,方圆约 1.5 公顷,圆圆的一泓湖水宛如一轮满月,镶嵌在幽林群岭之间。

最为绝妙之处是,湖水水面既无出口又无入口,而水位却常年保持不变,清澈无比,水深不可测。是不是很神奇?

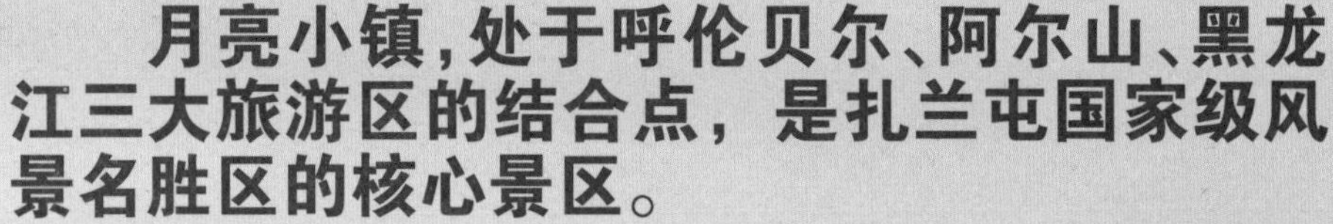

月亮小镇，处于呼伦贝尔、阿尔山、黑龙江三大旅游区的结合点，是扎兰屯国家级风景名胜区的核心景区。

境内森林面积25.65万公顷，森林覆盖率70.54%。

历史上，柴河地区一直是一片人迹罕至的原始森林，仅有鄂温克、鄂伦春等游、狩猎民族的猎民出没其间。

上世纪70年代初，设置柴河林业局之后，才开始有常住人口。上世纪90年代前后，林业工人在深山密林中发现了居于高山之巅的一个又一个奇特天池和火山地貌的奇观异景后，柴河才引起中国科学院等方面专家的关注。

柴河景区分布着七个海拔千米以上的高山天池，并与天上的北斗七星对应分布，在世界上独一无二。

柴河景区山、水、林、岩交相辉映，保持了完整的原始森林和高山湿地，景区内野生植物约有80科1000余种，鸟类17目40科160余种，兽类6目17科50余种，有国家一级保护动物7种、二级保护动物47种。

初步探明，柴河拥有丰富的火山温泉资源，微量元素之丰富、保健作用之宽广在世界上是少有的。

柴河景区茫茫的林海、完好的原始生态系统、丰富的生物多样性、宜人的气候条件共同构成了绚丽多彩的山水画卷，向人类展示着地球的古老与沧桑，为人们提供了休闲娱乐、避暑度假、科研科考、探险猎奇的理想场所。

我们终于到达了“月亮湖天池景区”。

到底是林区，通往山顶的栈道全部用厚实的木板铺成，围绕着山，于回旋中缓缓修建。沿途不时有木质的平台供游人休息。

这是一座火山，基础是火山岩石，所以林木都生长在很浅的泥土中，不时有倒伏的大树显露出巨大的根系，林中有许多树木都有火烧过的痕迹。这里的白桦树都是粗大的古树，高大粗壮的程度是我从来没有见过的。

艰苦爬行大约一个小时，我们终于来到天池山顶。

这简直就是一个苍天缔造的奇迹，圆形的湖面就像用圆规划过的一样，大小极似学校的操场，圆形的湖面还有一圈圆形的芦苇带环绕。

你会被眼前所见的美景阻止呼吸。

我们又爬上山顶的观景台，真是奇迹，太阳恰在这时露出云缝，天光云影倒映在湖面上，宛如一颗蓝色的宝石。

在中国东北大地上有一道雄浑壮美的绿色脊梁，这就是逶迤五千里的大兴安岭；在大兴安岭中断腹地的苍茫林海中有一个充满神奇的地方，这就是内蒙古月亮小镇——柴河。

扎兰屯四季分明，概括起来就是：春赏杜鹃夏漂流，秋季采摘冬滑雪。扎兰屯是呼伦贝尔最美的地方。这种说法，我到了哪里几乎就能听见那里人这样说，人们总是觉得天下最美的地方，还是自己的家乡。

感谢这里的一切！

阿荣旗

阿荣，是满语，“清洁、干净”的意思，来自于阿荣旗境内的阿伦河。

阿荣旗政府所在地是那吉镇，雄伟壮观的党政综合大楼傲然屹立，旁边有青松翠柏环绕，小桥流水，旁边就是“王杰广场”。

我们是被优美的舞曲吸引过来的，广场上有一百多位市民在跳健身舞，大家跳得都很投入，随着舞曲绕广场行进。

广场的前端有英雄王杰的雕塑，雕像底座正面是迟浩田的题词：“弘扬王杰革命精神，军民共建祖国边疆”。

雕像背面记述着英雄的生平。

王杰烈士生平简介：王杰，内蒙古阿荣旗人。生前是中国人民解放军济南部队装甲兵某部工兵连班长。1942 年出生于农民家庭，1961 年 8 月入伍，1962 年加入中国共产主义青年团。在部队里，他勤奋好学，乐于助人，以过硬的军事技能，连续三年被评为五好战士，两次荣立三等功。1965 年 7 月 14 日王杰同志奉命到江苏邳县张楼公社帮助民兵训练，一炸药包意外引燃，在即将爆炸的紧急关头，他毅然扑向炸点，用身体掩护了在场的 12 名民兵和“人武”干部，献出了年仅 23 岁的年轻生命。王杰同志牺牲后，部队党委根据其生前的申请，追认他为中国共产党党员，中央军委发出号召要求全军指战员向王杰同志学习。

王杰同志是董纯瑞、黄继光式的英雄，是与雷锋同时代的伟大共产主义战士。

我们满怀敬意从烈士塑像前走过，来到中间的广场主题雕塑前。这是一座象征希望的雕塑。两只巨大的飞鸟翅膀环绕着高耸的船帆，顶部有象征天空的大小星星。

广场北侧是一片碑林，上边镌刻着党和国家领导人为王杰的题词。

毛泽东的题词是：“我赞成这样的口号，叫做‘一不怕苦，二不怕死’”。

周恩来的题词是抄录王杰生前写的一首小诗：“座座高山耸入云，我们施工为人民，不怕工作苦和累，愿把青春献人民。”

朱德的题词是：“学习王杰同志不怕苦、不怕死的革命精神。”

江泽民的题词是：“弘扬‘两不怕’精神，培育四有革命军人。”

碑林的另一部分是用浮雕形式记录的王杰英雄事迹。

王杰广场的对面是庄严肃穆的“王杰纪念馆”。

王杰展览馆建筑面积为 1000 平方米。内设革命烈士王杰事迹展厅、接待厅、文物库房及资料档案室、附属办公室。其中：展厅面积 650 平方米，集中收集、整理王杰同志生前事迹、革命英雄事迹、英雄遗物、英雄文献作品等；接待厅面积 80 平方米，主要是为参观考察时提供签名、题词的场所。文物库房及资料档案室面积 120 平方米，收藏有供研究、保护、参阅的图书资料、影像资料、图片资料保存的地方，以便于查阅。

为纪念王杰烈士，阿荣旗还有一所王杰小学，位于阿荣旗东南部，距旗政府所在地那吉镇 7 公里，始建于 1948 年，原名新民学校，1966 年以英雄名字命名为王杰小学。

阿荣旗

中華情緣

夜幕深沉，但那吉镇的夜却是五彩斑斓的，就连环绕广场的河道也被彩色泛光灯照射得晶莹剔透。宽阔的街道上华灯璀璨，行人如织。

在阿荣旗，有一个叫彩虹谷的地方，美丽异常。全部天然形成的景色，全部是天然汇成的高雅的色调。美丽透明的灰色基调上，跳跃着一抹抹靓丽的颜色，并不突兀，却是那般和谐，站在这里，不能不为大自然，这位伟大的艺术缔造者敬仰。

松风涧水杂清音，空山如弄琴。

油然而生的惆怅，让我自己也着实吓了一跳，惆怅，是过客的忧伤。相遇，转头，我始终只是一个过客，尽管，我在离去时频频回头，试图留下更多的影像于脑海之中。

风吹起，吹起我如花般的记忆，摇曳摇曳，成为我旅途中最美的点缀，看山、看林、看水、看心境，没有情感的相处只能是多余的记忆。我动了情，却迷失在这片林海之中。

手中的笔，写下这片片深情，简简单单的情与思念，我与你只能相约在秋天的绚丽里。别不了的，是你为我抛出的这屡屡真情，牢牢地系住了我的心。

我可把你的故事带走？你可把我的眷恋珍藏？

新发乡东光朝鲜族村。

新发乡，是内蒙古唯一的朝鲜族乡，而东光村距离那吉镇只有十分钟的路程。通往村子的公路上伫立着一座高大的牌坊，上面写着“内蒙古朝鲜族第一家园”。

穿过牌坊就是这里著名的朝鲜风情街。

很多处店面及特色雕塑、建筑等正在进行基础建设，浓郁的民族情结映入眼帘，很难想到，在内蒙古，在这样一个偏远的小镇，还有这样一个朝鲜族的村落。我们很仓促拍了几张照片后七拐八绕进入了村子。

村内的道路十分整洁，棋盘样的网状道路两旁是极具特色的朝鲜族民舍，一律是白墙蓝顶，风格统一。（眼前的景象很容易联想起“平壤”。）

在一家民居的院落里，鲜红的辣椒铺满一地，墙壁上悬挂着瀑布般的鲜红辣椒串、洁白的大蒜辫子和玉米棒子。敲开这家的后门，征得女主人的同意后，我们进入院子拍摄。我从大大的窗子望进去，炕是很低的大炕，一进门就得脱鞋，很像日本的榻榻米。

因为男主人不在家，女主人是一位年轻的小媳妇，却不敢让我们进家里坐坐。她用怯生生的眼睛看着我们，像一个羞涩、未经人事的少女。

路边另一家院子里，一位中年男子正在搓弄一大堆干草样的植物，在我们的询问下，他说这是"苏子"，搓下来的是苏子的籽儿，当做调料用的。

男主人叫金吉永，从他们家的房屋来看，应该是这个村里比较富裕的家庭。院子里也是铺满了大片的红辣椒。他用带有口音的汉语说，在村子里面，平时大家都用朝鲜语交流，村子里面有专门的朝鲜族学校。

他家有一垧多地(十五亩为一垧)，全部种植水稻。

告别金吉永，我们在村子里面缓缓行驶，路边出现一座石碑："勤俭路"。经过一座小桥，桥的两端共有四个柱子，上面架着朝鲜族传统的"腰鼓"。

在这座桥上向远处望去，还有一座小桥。桥头的四边有朝鲜族的仕女画。

同样的土壤里，开着不同的花，同一片天空下，生活着不同习性的人们，相同的，是人们脸上一样的笑容。

同样的温馨，却为不同的人指明方向，安心地告诉你，家就在那里。

莫力达瓦
达斡尔族自治旗

莫力达瓦，是达斡尔语，意为“马形岭”。

莫力达瓦达斡尔族自治旗是全国仅有的三个少数民族自治旗之一，位于内蒙古自治区呼伦贝尔市东部，东隔嫩江与黑龙江省的讷河市、嫩江县相望，西南与黑龙江省甘南县毗邻，北、西部与内蒙古自治区的阿荣旗、鄂伦春自治旗山水相接。

达斡尔，意为“开拓者”。

1616年努尔哈赤称汗，次年即征服黑龙江中游萨哈连部，当时达斡尔或以地区被称为萨哈连（满语对黑龙江的称呼），或以贡物特点称为萨哈尔察（满语译音意为黑貂）部，或与鄂温克等泛称为索伦部。

至康熙初年，才出现“打虎儿”的译名，以后又常译为“达胡尔”、“达虎里”、“达呼尔”等。中华人民共和国成立后，根据本民族意愿，统一定名为达斡尔。

达斡尔族历史悠久,是中国北方古老民族契丹后裔。

因为达斡尔族没有文字,只能靠口述来传承历史,清朝以前的历史已经无法考究。但是根据达斡尔族传说及达斡尔人与契丹人生产、生活、习俗、宗教、语言等方面的对比研究,史学家大多认为达斡尔族属辽代契丹的后裔,而也有部分学者认为达斡尔族是由当地土著先民发展而来。利用DNA技术的相关实验表明,契丹与达斡尔族有最近的遗传关系,为契丹人后裔。

十七世纪定居在黑龙江流域。历史上,达斡尔是以猎、渔、牧、农为业的民族。目前还保留有许多纯朴的民族风情。猎、渔业是达斡尔人民古老的传统生产方式,狩猎时使用人工驯养的猎鹰,情趣盎然。

达斡尔民族博物馆

达斡尔族在历史上形成农牧结合的特点，又结合地理位置特点，形成人远耕近牧的习惯，达斡尔族重田园栽培，劳作一般由妇女承担，达斡尔民族妇女善于栽种，加工烟叶，其栽培、管理、收晒、加工工艺精细特别，倍享盛誉。

达斡尔族妇女，还善于用兽皮缝制各种衣服、帽毡，用桦树皮制作多种容器，不仅轻便实用，上刻各种图案，精美别致，极富民族特色。

民间艺人制作的口弦琴，小巧玲珑，音色优美。特别值得一提的是达斡尔族工匠制作的大轮车是山地、草原、沼泽地、雪地运输的极佳交通工具，被称之为“草上飞”和“达斡尔车”。

达斡尔族的民间文学、音乐、舞蹈、刺绣、剪纸、雕刻、绘画都是中华民族宝贵财富的重要组成部分，是中华民族文化宝库中的瑰宝，也反映出了达斡尔族勤劳、勇敢、雄健、豪强、尚武、重文、孝悌、仁义的思想与性格。

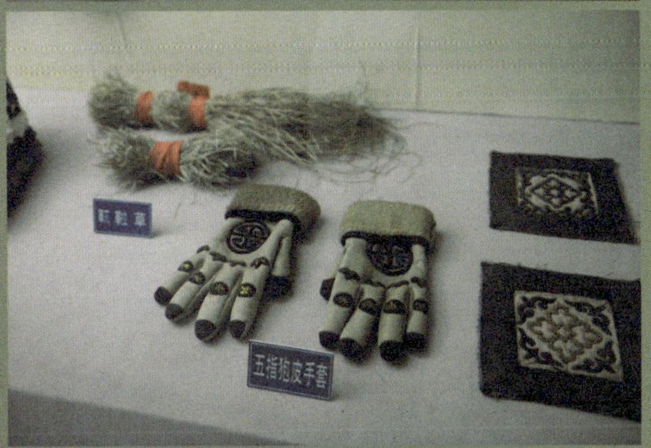
靰鞡草
五指狍皮手套

达斡尔族人民自古尚武强悍，在严峻的生产、生活环境中，要求他们必须具有健壮的体魄。所以达斡尔族人历来非常重视开展各种体育活动。

达斡尔族传统的体育项目主要有“贝阔”（曲棍球）、射箭、赛马、摔跤、扳棍、颈力、围棋等。尤其是历史悠久的曲棍球运动在解放后得以发扬光大，为祖国体育事业填补了一项空白，做出了巨大贡献。

达斡尔族曲棍球健儿分别代表本旗、内蒙古自治区、国家征战国内外，创下了赫赫战绩。达斡尔族聚集的莫旗被国家体委正式命名为“曲棍球之乡”。

莫力达瓦达斡尔族自治旗政府所在地是一个叫尼尔基镇的地方。

在这个小镇，坐落着一个我国最大的萨满教博物馆。

达斡尔族人曾多信奉萨满教，极少数人信奉喇嘛教。

萨满教是原生性宗教。萨满教不是创生的，而是自发产生的。广义上的萨满教是世界的。萨满教是在原始信仰基础上逐渐丰富与发达起来的一种民间信仰活动。它曾经长期盛行于中国北方各民族。

一般认为，萨满教起于原始渔猎时代。萨满教的理论根基是万物有灵论。但是，直到各种外来宗教先后传入之前，萨满教几乎独占了我国北方各民族的古老祭坛。它在我国北方古代各民族中间的影响根深蒂固。直到后来，甚至在佛教或伊斯兰教成为主流信仰的我国北方一些民族当中，仍可明显见到萨满教的遗留。

萨满教常赋予火、山川、树木、日月星辰、雷电、云雾、冰雪、风雨、彩虹和某些动物以人格化的想象和神秘化的灵性，视为主宰自然和人间的神灵。特别是由祖先亡灵所形成的鬼神观念以及人间的各种疾病与死亡造成的恐惧，是萨满教神灵观念的核心。认为各种神灵同人类一样有意志、愿望和情欲，更有善恶之分，不能违拗、触犯。

萨满，被称为神与人之间的中介者。他可以将人的祈求、愿望转达给神，也可以将神的意志传达给人。

这个美丽的民族，这个坚强的民族，祝愿他们幸福安康！

达斡尔族，是我国三少民族之一。

萨满文化博物馆

呼伦贝尔之夏

呼伦贝尔的夏天，是甘露中最清凉的一滴。

当所有的绿色变为浓烈时，夏日的阳光就透出炎热了。阳光的势头变得格外强劲，屡屡光束，火一样烧灼着天空，尽管，用最饱和的蓝色涂满了天，也挡不住这份灼热。

当你感到这灼热之际，乌云来抢占地盘了，滚滚袭来，密布满天，瞬间便找不到太阳隐身于何处了。滴落下来的，是轻柔绵软的水滴，融化了炎热，也融化了心境。潮湿的心，沐浴潮湿的风，潮湿的风，吹乱了我的世界。

天空灰蒙蒙一片，我望着同一颜色的天空出神，突然看见一处细小的光影，乌云仿佛是两层叠加的。我笑了，太阳原来藏在那里。

等我再回过神来时，阳光利箭一样，削开了云层，被撕得粉碎的云，散落在天空，凌乱了阴霾。而阳光仍然不依不饶，在云朵间舞剑。这天空，是云和阳光招摇的舞台，肆虐着、纠结着。

阳光，把绿色的娇嫩填充为浓重，一任那甘露尽情地冲刷，依然浓重。

夏日的阳光是霸气十足的，变暗所有的色彩，凸现着它的光芒。

呼伦贝尔的夏天，是云与光舞蹈的季节。

云和阳光在天空中比拼着势头，丰富着呼伦贝尔夏日天空。大地安静，安静得看不出生长；花儿只微微摇摆，或讨好着烈烈阳光，或怕惊扰了滚滚乌云。

眯起眼睛，眼前仍然白光一片。眯起眼睛，小雨会顽皮地在睫毛上跳跃。阳光既然肆虐，索性躺在草地上，任它在身上跳舞。小雨既然如绵，索性沐浴雨中，酣畅淋漓。

在这样炎热的节气，呼伦贝尔如同一双蓝色的眼眸，清凉的一瞥，冰爽了一个季节。

鄂伦春自治旗

进入鄂伦春旗，我们先到的地方叫大杨树镇。为什么叫大杨树,我最初认为这里是一个杨树密集的地方。后来才得知,最早时,这里没有地标,只有两个高大的杨树,所以人们便叫这里为大杨树。其实,大杨树是没有杨树的。

我们到了大杨树时，已经是饥肠辘辘了。先填饱肚子,这是最首要的任务。同伴都已经饿得蔫儿蔫儿的,没了精神。

路边看见一家烤肉店，于是便走了进去。

虽然过了饭点儿，店里还是有很多的顾客在火车箱式的卡座上用餐，使用着传统的韩式烤炉。

热情、美丽而且温柔的小姑娘端上了牛肉，大盘子里面是新鲜手切的牛肉，具有悦目的颜色和嫩黄的脂肪层。在炉盘上略烤片刻，蘸上干料，送入口中，肥嫩的牛肉骤然释放出来香美的汁液和气息，绝对是纯正的牛肉。

这里牛肉的鲜美，的确是牛肉中的极品。

因为这次的美好回忆，在以后的行程中，我们曾不断地追求牛肉的各种做法，慰籍我们饥渴的肠胃，每每都没令我们失望。

呼伦贝尔，是一个有美味牛肉的地方。

黑龙陈醋
XIANBEIYUAN
鲜卑源

每次说起这样的话，我都能看见同伴们投入的回忆表情，有向往，有不舍，还有沉浸在那时美味的陶醉中。我想，这种美味，或许伴随一生了吧？

在大杨树，还有一种美食，是必须要提的，那就是铁锅炖小鸡。几个人围坐在一个很大的铁锅旁，下面烧着“木头绊子”，就是很短的一截一截的木头。锅里面煮着小鸡，厚厚的木头锅盖，盖压在铁锅上面。

随着蒸汽越来越浓，铁锅旁香味四溢，还没熟，便能闻见香浓异常了。这不由得使我频频低下头，一边闻着香味，一边问什么时候能吃了，真有些迫不及待了。

吃的时候就着生蒜，别有一种滋味。主食是小小的花卷，沾着汤吃，绝了！

这是我们在大杨树关于美食的所有记忆，我想，恐怕这也是以后会再来这里的一个不可小觑的诱惑。

达尔滨湖是呼伦贝尔市的一个国家森林公园，位于大兴安岭的东麓南坡、诺敏河与毕拉河流域的中上游。

森林公园包括达尔滨罗儿、石海、神指峡、达尔滨湖、四方山天池、烟囱石等景点。

早年，人们称这里为“达尔滨罗儿”，鄂伦春语“罗儿”是小湖的意思。达尔滨罗儿的湖面仅一平方公里，别看湖面小，但它是一个火山堰塞湖。

达尔滨湖，是鄂伦春语，译为“辽阔的湖”。

这是一个美丽的地方。

朋友来电话说，来吧，来这里看杜鹃。据说杜鹃花开满了山坡……

于是在这个季节，在杜鹃花开的季节，我来到了达尔滨湖。

如果你是一个很有天分的画家，你就算是创作出来再丰富的色彩，也比不过这里天然的颜色。这是一个有着万千种颜色组合而成的图画，浓墨淡彩，和谐美妙，像一曲曲婉转的歌，在这样一个远方，悄然美丽。

取景框里面，是一幅幅美丽的图画，根本用不着特意去选景。任何一个方块儿里面，都是动人的美景。

白桦树，一直像梦幻一样出现在我眼前。那白白的树干，引得我伸手去抚摸，如此干净，宛如纯洁的少女，白，竟如此浓郁。悄然露出绿意的枝干，淡淡的，这是一个什么颜色都娇艳欲滴的季节。

杜鹃花，花期很短，一两周的时间就走完了一个开花到凋零的过程。也许正是因为花期如此短暂，花的美越显得珍贵。人们眷眷地看着花开，让这美丽影印在头脑里的画面更为清晰和深远。

杜鹃花，花中西施。

像一团团紫色的雾，缭绕缠绵在树木间，轻盈地舞弄着，撩拨着早春时节的风情。杜鹃花，开满了整个山坡，妩媚了整个季节。

鄂伦春旗政府所在地在阿里河。

我们到了阿里河，小镇里面静悄悄的。

这样安静，像一朵普通的野花，静悄悄地在边陲开放，独自美丽，独自芬芳。阿里河，不是一个招摇的小城，也没有那样妩媚的身姿，却有着强劲的生命力，生长、壮大，带着独属于自己的气息，呼吸在这遥远的北疆。

阿里河，因为有嘎仙洞而在我心里充满了神秘。

在我不曾来过嘎仙洞之前，我曾幻想过无数次嘎仙洞的模样，而当我终于站在嘎仙洞面前时，嘎仙洞，它的风采，比我的任何一种幻想都完美。

嘎仙洞，在阿里河西十公里处的嘎仙山上。它本是天然的山洞，很早就存在，当地鄂伦春人都知道，并流传着许多有关嘎仙的神话。

在嘎仙山南侧25米的陡坡悬崖上，赫然一个大洞，洞口张作菱形。洞内宏伟宽阔，穹顶浑然天成，高20多米，有如大厅，南北长92米，东西宽27米，足可容纳数千人。

洞内幽暗深邃，神秘莫测，使人感到一种威严肃穆的恐怖气氛。这洞就是“千古之迷”的鲜卑石室。

《魏书》有石室规模“南北 90 步，南西 40 步，高 70 尺”的记载，但不知它在何处，找不到“石刻祝文”的实证，确定不了石室之所在。而揭不开这一谜底，鲜卑史的难题无法解决，不知有多少代历史学家和考古学家为此付出多少艰辛和心血，却终成憾事。

1980 年 7 月 30 日，深有研究、颇有抱负和毅力的考古者米文平，在自己论证和实地考察的基础上，经历四探嘎仙洞，终于发现了刻于 443 年的石刻祝文，确定了嘎仙洞就是鲜卑石室。

石刻祝文的刻词为竖行，通高 70 厘米，宽 120 厘米，共 19 行，12 个整行，每行 12 至 16 字不等，余为半行，为抬头别行与题名。汉字魏书，隶意浓重，古朴雄健，全文 201 字。这一考古成就，成为历史性的贡献，意义重大而深远。

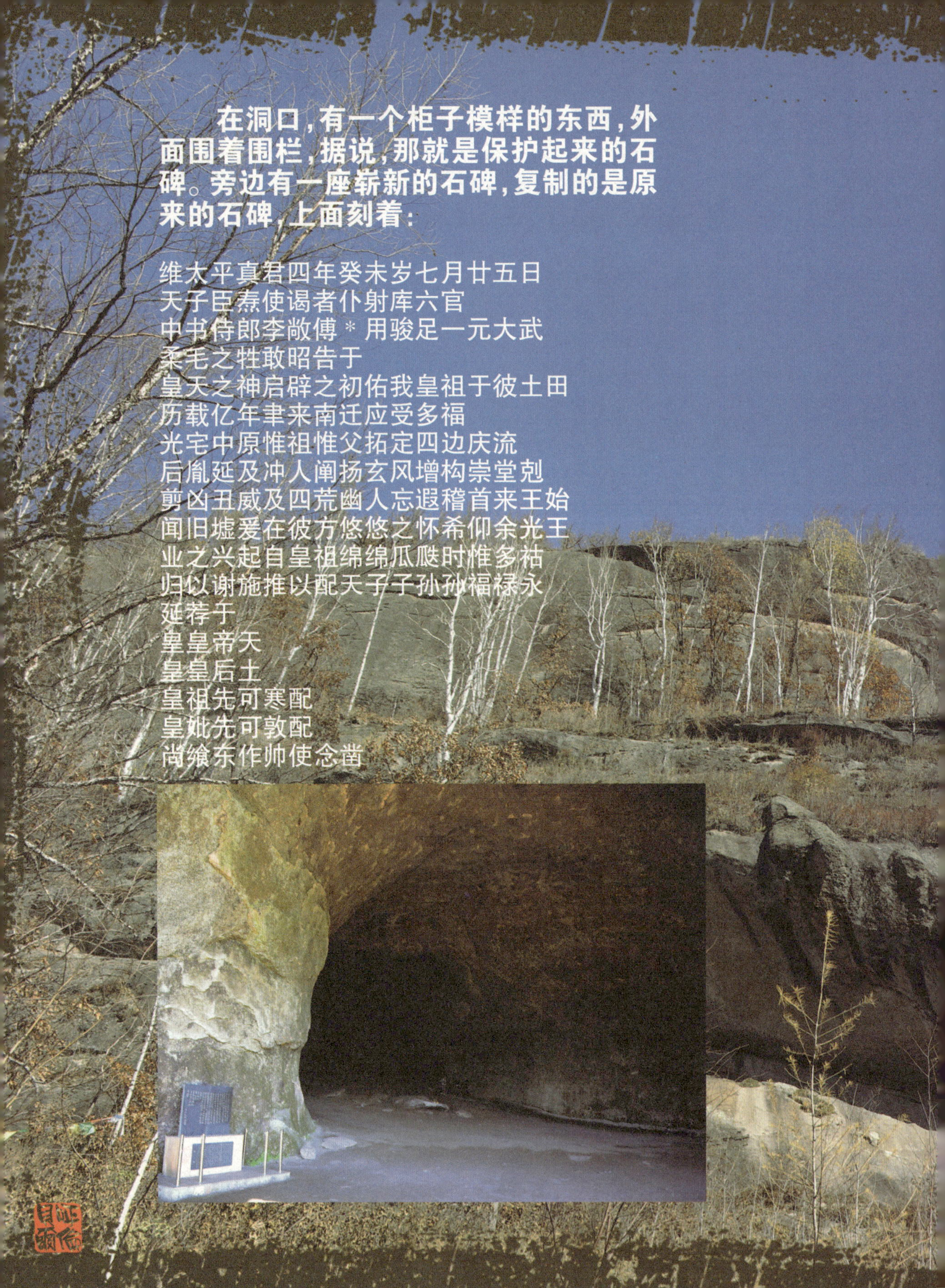

在洞口，有一个柜子模样的东西，外面围着围栏，据说，那就是保护起来的石碑。旁边有一座崭新的石碑，复制的是原来的石碑，上面刻着：

维太平真君四年癸未岁七月廿五日
天子臣焘使谒者仆射库六官
中书侍郎李敞傅＊用骏足一元大武
柔毛之牲敢昭告于
皇天之神启辟之初佑我皇祖于彼土田
历载亿年聿来南迁应受多福
光宅中原惟祖惟父拓定四边庆流
后胤延及冲人阐扬玄风增构崇堂剋
剪凶丑威及四荒幽人忘遐稽首来王始
闻旧墟爰在彼方悠悠之怀希仰余光王
业之兴起自皇祖绵绵瓜瓞时惟多祜
归以谢施推以配天子子孙孙福禄永
延荐于
皇皇帝天
皇皇后土
皇祖先可寒配
皇妣先可敦配
尚飨东作帅使念凿

洞内的地面是光滑的岩石，应该是人工打磨过的，洞的正中有一个凹坑，上面铺着一块石板，有烟熏火燎的痕迹，当年这里应该是做饭和议事的地方。现在上面摆放着一些游客们敬献的酒和糕点。

走出嘎仙洞发现洞口外面的石壁上有很古老的“嘎仙洞”三字石刻。

嘎仙洞的正面是清澈见底的“嘎仙河”，河水很浅，仿佛能够直接饮用。我们来到河边发现河水流动的很急，四周是原始森林，生长着许多参天的古松。

古风犹存，陪伴着这份宁静。

嘎仙河
The Ga Xian RiVer

到了“库图尔其广场”时，突然刮风了，风很大，吹得人几乎站不住。

这个广场建在山坡上，其实是一座大型的人工景观公园，俯瞰着整个镇子。

广场的大门上有布赫题词的“库图尔其广场”字样，园区内有篝火广场。

再往前走，出现一个圆形的湖面，应该是个人工湖。在大风的追逐下泛着层层的涟漪。湖岸边分布着一些桦树皮制作的“撮罗子”。

再往里面走，是一座“鄂伦春民俗村”，全部是仿“撮罗子”的现代建筑，有斜斜的窗子和门。

“撮罗子”，是鄂伦春族人居住的房屋，很有特色。

“撮罗子”又称“斜仁柱”或“撮罗昂库”，是鄂伦春、鄂温克、赫哲等东北狩猎和游牧民族的一种圆锥形“房子”。

“撮罗”是“尖”，“昂库”是“窝棚”，这是赫哲人的叫法；“斜仁”是“木杆”，“柱”是“屋子”，这是鄂伦春、鄂温克人的叫法。把两种名称的意思合起来，就是“用木杆搭起的尖顶屋”，这正是“撮罗子”最主要的特征。

门向南开，在室内北、东、西三面搭设供人起居坐卧的铺位。铺和门之间的中央空地，是烧火取暖做饭的地方。

按照民族习俗，撮罗子内的方位是有不同等级区别的。北面（正面）是安放神位之处，最为尊贵。

平时只有男主人和男性贵客才能在北铺坐卧，如果供人起居，也只能是家中长辈。此外，家中的主妇和未婚女孩允许到北面神位前，而其他已婚妇女则不能。因室内中央是火位，他们不可以越过。火位两边的位置以右为上，儿子婚后与父母同住时，小两口只能住左铺，而且睡觉时应是男在北女在南。由此可以看出，这些规定的基本原则是以北为尊、以男为尊。

还有一项特殊的风俗，就是妇女生孩子时，必须移到原住撮罗子附近另搭的“产房”中去。这种“产房”也是撮罗子的样式，只不过矮小简单一些，有的还专搭一根横木，做分娩时的把手。产房内设左右两铺，产妇住右，婆婆或助产女眷住左。

待新生儿满月后，产妇可回到原住撮罗子，产房随之拆除。这种做法的用意，并非特殊关照产妇，而是认为生孩子是“不洁”之事，应该避开家中供神和男人居住的地方。可见撮罗子不仅样式很原始，而且其使用风俗也带有许多古老观念的色彩。

相思谷，多么凄美的名字。

我听见这样的名字时，就知道一定有一个美丽的爱情故事……

这离别的一年，对拓跋诘汾来说，那是刻骨相思的十二个月，是备受煎熬的365天，每一天他都要掰着手指数日子，在大帐前的树上用刀刻着记号，每过一天就刻上一刀，这思念爱妻雅琪娜的日子可真是难熬难过呀！

终于盼到一年后的七月十七日再次相会的这一天。

拓跋诘汾飞马来到屈利水河畔的山谷，远远的就看到依然头戴飞犀金步摇、身着红色衣裙的雅琪娜。雅琪娜仍然是那么魅力四射，依然那么摄人魂魄。在夫妻树旁，雅琪娜将怀内抱着的一个男婴交给拓跋诘汾。仙鹤神女雅琪娜双目脉脉含情，深切地对诘汾说："大王，你瘦了，要保重身体啊！"她边将孩子递给纳丹珠，边说："这孩儿是我与大王爱情的结晶，是我们生命的持续。"她再三叮嘱："孩子是上天赐给拓跋鲜卑民族的，今将孩儿交给大王，要好生抚养，日后必能成就大业。"接着又说："大王，我们之间的缘分已尽，今日相见，就是永生离别，望大王多加保重！"言罢，与拓跋诘汾相拥相抱，泪洒双腮，之后慢步跨上瑞兽取而特背上，回头眼含泪珠注视着诘汾，身影渐渐隐没在云雾之中。

雅琪娜神女眼含泪珠、含爱含情、难分难舍的模样永远铭刻在拓跋诘汾的心中。

鲜卑大王拓跋诘汾为感谢西北神灵，为怀念雅琪娜仙鹤神女，便把屈利水畔的这片山谷赐名为"相思谷"，并告知拓跋鲜卑后人永远看护好这片大好河山。

这相思有多久，这相思谷的树木就有多悠久……

“鄂伦春”一词有两种含义：“使用驯鹿的人”和“山岭上的人”。

鄂伦春民族有自己的语言，一般通用汉语。信奉萨满教，崇拜自然物。新中国成立前，鄂伦春族还处于原始社会。

鄂伦春族的祖先是森林人，到了元代，称之为“林中百姓”。

鄂伦春族最擅长的手工艺品，是用大量的桦树皮制作的盒、篓、桶、箱和轻巧的桦皮船。

鄂伦春族，是我国三少民族之一。

根河市

根河地区，古代主要是通古斯民族聚居的地方，因此，“根河”一词是混合语，“根”是通古斯语，直直的、没有分叉的意思，是古人对根河形象化的叫法。“河”自然是汉语，所以说，“根河”一词是汉语和通古斯语结合的词汇。

根河，买了松籽，一种是生的，一种是盐水煮的，非常好吃，松香味清新爽口。

到了敖鲁古雅乡，大门是一根直立的巨型木柱，支撑着左右两根斜搭的木梁，组成了具有“撮罗子”意味的巨型框架结构。

这是一个景区式的村子，宽阔的道路和一所所错落有致的木顶小别墅，很是精致漂亮。

村子的一侧有很具特色的博物馆。

大厅的正中有一座极大的根雕，是一个高大威武的带角驯鹿，栩栩如生，堪称精品。屋顶悬挂着鸟巢灯和鹿角灯。

大厅的另一侧就是展厅的入口。首先映入眼帘的是一张悬挂着的整张皮子，上面烫印着中英对照的文字：

敖鲁古雅鄂温克人是中国唯一使用驯鹿的部落。400 多年前来自寒冷的西伯利亚列拿河上游的泰加林高地，他们的驯鹿文化、狩猎文化以及桦皮文化、兽皮文化和萨满教文化把北极文化延伸到了中国兴安岭。

“鄂温克”是自称，意为“走下山的人们”，也解释为“大山里的人们”。

展厅内用大量的文字图片和实物揭示了敖鲁古雅鄂温克人的生活习俗以及萨满教的历史和文物。

一艘桦皮船停放在站台上，这样的桦皮独木舟，现在已经很难见到了，鄂温克人称它为“史诗船”。

鄂温克人在撮罗子内的仿真蜡像场景，给我留下了很深的印象。

一个展示橱窗内的萨满蜡像静静地站在那里，似乎发射出神秘的能量。

这个大山里的民族，对于我来说，是陌生的，遥远得不可触及。而今天，我就站在了这里，这个民族生息的地方，我心里竟有一种莫名的惶恐。

最终“柳芭”的展示橱窗出现了。

在她的自画像下面有介绍的铜牌子，上面写着：

柳芭（索罗共氏）

1985年7月毕业于中央民族学院（现中央民族大学）美术系，学习油画。毕业后在内蒙古人民出版社做美术编辑。油画作品有20余幅，她创作的驯鹿皮画被专家认为是极为珍贵的作品。1993年，中央电视台拍摄了柳芭和妈妈、姥姥的纪录片，《神鹿啊神鹿》获上海国际电视节特别奖，获德国哥根廷电视人类学纪录片金奖。

旁边，有同样是少数民族才女的席慕容女士写给柳芭的弟弟维佳的信：

维佳：

艺术的生命需要自己小心保护和维持。珍惜上天赋予自己的才情，坚持下去，好吗？

祝一切顺利愉悦平安。

席慕容　2007　5.20

从博物馆出来，我们去见柳芭的母亲芭拉杰老人。

在村子的最后一排，找到了芭拉杰的家。

这是一座漂亮的木顶子、木墙小二层别墅。一楼有卫生间、厨房和客厅，客厅有小楼梯通往二楼，上面有两间卧室。

芭拉杰老人身体不太好，但是精神还很旺盛，交谈过程中，说起内蒙古人民出版社来，还记得齐淑兰会计，说她曾经来过这里。

眼前的这位老人有着坎坷的经历，下面是顾涛的文章：

敖鲁古雅 芭拉杰依自述，我的妈妈——纽拉是鄂温克最后的萨满

我妈妈纽拉就是个萨满，她去世时候是1997年，那么的话我妈妈可能是1905年的，差点过一个世纪的，我妈妈当萨满的时候，好像从13岁就开始了，当萨满时候，开始就疯疯癫癫的，就像精神失常似的。我姥爷就知道，因为我姥爷就是个萨满，不是那个太高级的萨满，我姥爷是梦见我妈妈可能要当萨满了，她睡觉吧一睡好几天不起来，一睡睡了三天三夜。她们家父母都害怕她，就这么准备后事，做棺材什么的，完了我妈妈醒过来了，一醒过来就说我怎么一睡睡了三年呢！我在上面住了三年了。我姥爷一听完了，这姑娘成萨满了，让外界的萨满神给选中了。那时候小啊，13岁吧。我姥爷就找人，找萨满神，过去我们民族男男女女都有萨满，我姥爷就问那些萨满，说我姑娘是不是已经是萨满了。好多萨满就看她唱歌、身材是怎么回事，她一惊一吓的一会儿又胡说八道，就真是萨满了。我爸就开始给她做萨满服，萨满服做就得做三年，第一年做什么，第二年做什么，第三年做什么，每年做什么都有讲究，头一年做帽子和鹿夹，我们的萨满和其他的民族鄂伦春族、蒙古族、达斡尔族都不一样，我妈妈的萨满服是最原始的，其他的民族都是绸子、缎子，完了像皇妃那样的穗，我妈妈那个一个布的都没有，我妈妈的萨满服都是皮子和铁做的。第一年做脑袋上的架子是神鹿上的那个角，第二年做骨架，按人的身材做，都是皮活，第三年，做铁的，就是铁匠做的，什么都有，有鱼有鸟、熊、狼，各式各样的鸟，还有用驯鹿最长的毛和那个犴的筋锈的花、衣领、袖子都是装饰的。我姥爷给我做萨满服时是邀请的国外的铁匠，那时候我们没有国界，我们在额尔古纳河上可以随便的走，100年以前吧，随便过，那边我们的人可多了呢，我亲大姑现在还在那边呢。在俄罗斯，就是从那边请过来的铁匠，完了国外的萨满，赠送一个我妈妈最重要的东西，就是做萨满服上最重要的，像神似的那种图案，现在还有呢，就在萨满服上，那是古代的萨满留下的，完了那个萨满也是我姥爷的桦皮船把他们请到这边来做萨满服的。我妈妈说那个民族是“雅高”，我没有听说过雅高这个民族，但是跟我们民族差不多的不就是雅库特吗？这个外国的萨满好像叫“啊拉该”，我们民族还有一个女的老萨满，还有一个鄂伦春的，一共三个萨满，

领着我妈唱，就开始跳神的，就让我妈跟她们跳、学萨满有萨满的语言，咱们听不懂，她们有她们自己的语言，有些人家狩猎不行了，不走运了，就找萨满，就问问怎么回事，让萨满破解破解，谁的孩子给吓着了，还是死了，就这个时候找萨满，萨满相当有地位！完了萨满好像就是义务的，不像大夫，还得出诊，还得管你要钱，我小时候都记得，来人了我可高兴了，来人求神，那些人恭恭敬敬的坐那，来请萨满的，我们家都挂着神像，大部分都是挂着圣母玛丽亚像，来的人就笔划上帝保佑什么的，来的也不说话，把毛巾往竿上一搭，就知道他们家是出事了，我妈妈马上就明白。我们小孩也都习惯了，我们也知道，这是找我妈来跳神来了，我们就主动地走了，去山上采达子香那种花。萨满一发作了就点那个花了，我最清楚的一次是 1952 年 5 月中旬这样的，我妈妈成宿成宿的唱啊，跳啊，各种颜色的布料还有线，从这颗树拽到那个树，绕了好多圈，在撮罗子外，那时候我大哥也病了，那时候日本人投降了 7–8 年了，他们走的时候放毒了，不知道在哪放的毒，毒气发作出来得的伤寒病，猎民死老多的，不少人都死了，都一家一家的死，一个劲的出汗，特别像伤寒病，所以才知道，闹了半天那是给我哥治病呢。

“文化大革命”的时候好多萨满都吓的够呛，造反派把萨满用具都扔到河沟里了，上面那些铁器、熊啊、狼啊，都扔的满地都是，我妈没交出来，她特别在乎她的萨满服。她和我爸走到黑龙江，翻山越过去的，在林子里做了一个空中仓库，在高高的两颗树中间搭了一个仓库，把萨满服藏起来了，意思再也不拿下来了，天下这么乱我也不跳了。杀了两个鹿给神供起来了，这是 1975 年还是 1978 年的事，我们那时候还小。

芭拉杰的家庭是非常不幸的,大女儿柳芭坠河身亡;小儿子因为学鹿叫学得太像了,最终被猎人误杀;任职副乡长的丈夫则死于一场意外。

她答应明天陪同我们到自己家的驯鹿点去,说那里很远,有将近二百公里,要早晨6点就走。

说话当中,一位醉醺醺的邻居闯了进来,坐在老人的身边,口齿含混不清,不断比划着手势。因为总是被打断谈话,老人不时使劲拍打着他的后背,但并不讨厌他。

通往楼梯的墙壁上面挂着几幅精美的油画,是驯鹿和野外的风景,老人说是她的儿子维佳的作品,还拿出了几本曾经来过的作家描写这里的作品。

出了敖乡大门,向西走不远有一处"原始部落"旅游景点。

呼伦贝尔

在那里等我们的是一个胖胖的小姑娘，说自己叫"甜甜"，看上去很像柳芭的模样，她说敖鲁古雅的使鹿鄂温克现在只有二百多人了，所以大家都是亲戚，相互长得自然很像。

这是一处松林，林间有着简单的木栈道。正走着，甜甜拿出一把瓜子，握成拳状，平伸出去。突然就有一只蓝色的小鸟飞过来，甜甜展开手掌，小鸟迅速叼上瓜子，然后飞走了。甜甜说这种鸟叫"蓝大胆儿"，最不怕人，你就是握着空拳伸出去，它也来，但是骗他的次数一多，也就不来了。

景区里有几座撮罗子，甜甜带我们进入一座比较大的里面，是一个"特产商店"，有一些当地的山野特产、驯鹿产品和珍贵的药材。

商店的老板是一位英俊的混血中年人，长相与俄罗斯人一模一样，也是这里的鄂温克。聊天时说起驯鹿，他说现在驯鹿不好养了，偷猎的人太多，还有下套子的，尤其是那些不负责任的旅游者，将废弃的塑料包装随地乱扔，驯鹿将含有残渣的塑料袋吃下，积攒多了，就会胀死。

现在整个使鹿部落的驯鹿头数也就一千来只，严重退化，个体逐渐变小，他指着远处的驯鹿说，过去能驮动人，现在不可能了。

路边，有一个铁笼子，里面圈养着两只狐狸，颜色发灰。甜甜说这是“雪狐狸”，到了冬天，毛是银白色的。

前面还有很大的铁丝围栏，里面有许多黑色的松鼠窜上跳下，很是可爱。

终于来到驯鹿场了，这里有二十几只驯鹿。其中一只纯白色的驯鹿见到人就走了过来，甜甜说这是“神鹿”来到这里的游客都喜欢它，时间一长，它也不怕人了。

有许多驯鹿都卧在地上休息，有一只极大的驯鹿，长着巨大的鹿角，甜甜说这是只“头鹿”，不能太接近它。

我们问驯鹿吃什么，甜甜说是“苔藓”，还带我们看了一下它们的饲料，袋子里面果然就是干干的苔藓。驯鹿因为吃这种食物，所以粪便很粘滞，不小心踩上了，半天蹭不掉。

第二天，起了个大早，天还黑着。

几分钟就到了芭拉杰家，屋子里面还有一位年轻的妇女，芭拉杰介绍说是她的外甥女格列。老人因为身体特别不舒服，所以不去了。陪同我们一起前去的还有老人的妹妹（后来推测是小姑子）达玛拉索，她在市里面等我们。

从根河市区向北是通往“满归”的公路，驯鹿点在阿龙山那边，距离这里有将近二百公里的路程。

根河湿地是广阔的，这直接反映在公路的路面上，本来是条很新的公路，但是一会儿鼓起，一会儿凹下，翻浆路段极多，加上在山岭中，所以很像在大海里行船，上下忽悠，时间一长，简直有晕船的感觉。

天空开始飘落雪花，视野逐渐变得迷蒙。旅游局的吕局长介绍过，说距离根河市区约四十公里的地方，叫“静岭”，是中国的“冷极”，这里虽然不是中国纬度上最北的地方，但却是中国有记录的、最寒冷的地方，最低温度曾达到零下52.6C。长冬无夏，春秋相连。

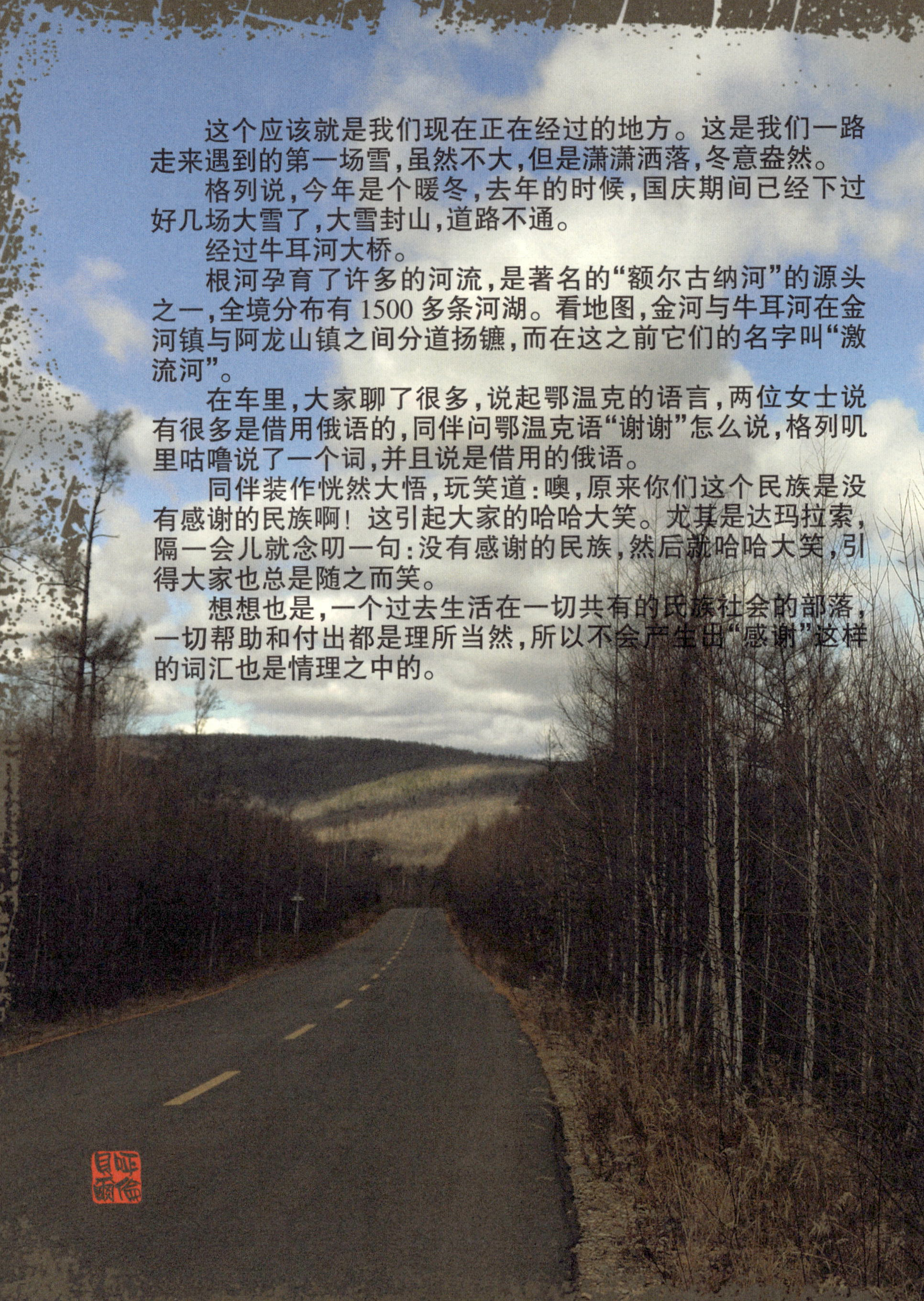

这个应该就是我们现在正在经过的地方。这是我们一路走来遇到的第一场雪，虽然不大，但是潇潇洒落，冬意盎然。

格列说，今年是个暖冬，去年的时候，国庆期间已经下过好几场大雪了，大雪封山，道路不通。

经过牛耳河大桥。

根河孕育了许多的河流，是著名的“额尔古纳河”的源头之一，全境分布有1500多条河湖。看地图，金河与牛耳河在金河镇与阿龙山镇之间分道扬镳，而在这之前它们的名字叫“激流河”。

在车里，大家聊了很多，说起鄂温克的语言，两位女士说有很多是借用俄语的，同伴问鄂温克语“谢谢”怎么说，格列叽里咕噜说了一个词，并且说是借用的俄语。

同伴装作恍然大悟，玩笑道：噢，原来你们这个民族是没有感谢的民族啊！这引起大家的哈哈大笑。尤其是达玛拉索，隔一会儿就念叨一句：没有感谢的民族，然后就哈哈大笑，引得大家也总是随之而笑。

想想也是，一个过去生活在一切共有的民族社会的部落，一切帮助和付出都是理所当然，所以不会产生出“感谢”这样的词汇也是情理之中的。

资料中有一段话，是这样写的：

敖鲁古雅鄂温克族，是最后一个走出森林的狩猎部落，原始社会氏族部落的种种迹象和思维方式至今仍然在他们中间部分地保留着，被称为中国最后的狩猎部落，代表着一种独特的原始民族文化现象。其原始的生存、生活状态所表现的不仅仅是鄂温克族，而是代表了曾经在大兴安岭中存在过的数十个北方游牧民族（突厥、契丹、东胡、匈奴、鲜卑、乌桓、室韦等）的缩影。

终于找到了通往驯鹿点的小道。

这是一条由车轮子碾出来的自然路，坑坑洼洼，不时有结冰的水坑，看不出深浅来，压到深的水坑里就会溅起大片的泥浆。四周是密集的原始松林，间隔着皑皑白雪。

达玛拉索说她小的时候就是在这样的环境里面生活，很小的时候遇到过“熊灾”。许多熊因为饥饿，所以开始袭击驯鹿群。

那天她正在帐篷里面，突然就从林子里面跑过来一只巨大的狗熊，距离帐篷也就十米左右，把拴在断树桩子上面的驯鹿连同树桩子一起拔走了，那是非常惊险的一次经历。

道路崎岖，泥泞不堪非常难走。达玛拉索指着一侧林中的蓝色小板房子说，那里是柳霞驯鹿点的冬季营地，过几天他们就会搬过来了。

大约在中午时分，随着一阵阵的狗叫声，林中显露出一座绿色的帆布帐篷，几只小狗奔跑过来，显然认识达玛拉索，围着她跳来跳去。

本来我们准备的礼物中是有酒的，但是达玛拉索和格列坚决不让我们送酒，说柳霞和维佳都酷爱饮酒，所以芭拉杰老人深恶痛绝，只要她在，这两个人是喝不上酒的，来之前一再和达玛拉索和格列说不能让他们喝酒。

在帐篷前我们下了车，醉醺醺的柳霞夺门而出，冲着达玛拉索喊着“二姑、二姑”，但是似乎不认识格列，经格列说出自己的名字，这才猛然发现是表妹来了。

帐篷里有两张床，地中间是一个很大的箱式铁炉子，烧的很热。满脸淤青的维佳光着膀子披一件迷彩服，怔怔地望着我们。还有一位据说是柳霞现在的老公叫“翟臣”，很瘦的身材。三个人其实都醉了，只有翟臣还算清醒。

回到帐篷，维佳一再表示根本不认识格列，但是却又对柳霞说，你看她长得多像格列啊。真是让人哭笑不得。

维佳是因为昨天晚上骂了柳霞，所以被翟臣揍了一顿，脸上于是便有了瘀青。

但是我不知怎么，总是觉得翟臣这人不太厚道，交谈中，我们要拍照，翟臣就半开玩笑地说应该收费。柳霞听后，站起来一拳就捣在翟臣的脸上，口里痛骂着“我们老索家就没干过这种事”，翟臣夸张地捂着脸一再说是开玩笑。

我坐在维佳旁边，和他说话，他听说我们认识柳芭，抬头盯着我们看。

帐篷里面很杂乱，所以我们不时走出门外站着，门口有一张小桌子，上面摆放着今天的早餐，碗筷都已经被雪花盖住了。

我们告别这兄妹一家子，踏上归途。

离开营地不久，一辆越野车迎面驶过，车里是一男一女两位年轻人，显然是朝柳霞家去了。其实这一家人已经是很有名气的人了，不断有采访和慕名而来的人们。

回到阿龙山镇，过一座桥，这个地方叫沙子线，在这个不大的小镇上我们居然发现一个小烤肉店，于是一起进入大吃烤肉。

牛肉是新鲜手切的，很好吃，最后又要了水饺，我把水饺也放在烤盘里烤着吃，味道很不错。

吃饭时大家说起柳霞和维佳喝酒的事情，达玛拉索说回去不能告诉芭拉杰，否则老人会伤心的。

我问，他们平时都这样喝酒吗？达玛拉索说不是，家人和朋友都不会给他们酒喝，只有我们和刚才那些不明情况的人送酒，他们才喝得上。

他们平时也就抽个口烟，口烟是这里的一种特产，达玛拉索说是把旱烟叶子碾碎，拌上木头灰使混合物发酵就行了，使用时把口烟抹在牙龈周围，特别上瘾。

吃完午饭返回根河，与两位女士郑重告别。

鄂温克族，是我国三少民族之一。

额尔古纳市

对于呼伦贝尔历史，最有见证权威的，应该说是额尔古纳这片土地。

在这片土地上，流淌着对蒙古族具有特殊意义的河流——额尔古纳河。

蒙古族就是在这条河边生息、发展，并逐渐壮大强盛起来。额尔古纳河的上游海拉尔河于牙克石进入呼伦贝尔高原，流至阿巴该图山附近，始称额尔古纳河，流到洛古河后始称黑龙江。

额尔古纳河除去源流海拉尔河，长 900 公里，流域面积 6.17 万平方公里。

额尔古纳是蒙古语“捧呈、递献”之意。

额尔古纳河作为摇篮和母亲河，不仅哺育了蒙古民族，也滋润了两岸的土地。

额尔古纳是蒙古人发祥地。

苍狼白鹿岛是两个鱼形的岛屿，首尾相连被激流河环绕，传说这就是蒙古族的祖先苍狼和白鹿的化身。

成吉思汗的根祖，是苍天降生的孛儿帖赤那(苍色狼)，和他的妻子豁埃马阑勒(白色鹿)，于是就有了苍狼白鹿的蒙古人之起源一说。

关于蒙古族的起源，还有一个美丽的传说，叫《太阳的后裔的传说》。

在天地初分之际，太阳就生了两个女儿。当黄河注入东海的时候，人世间就有了第一叶轻舟，太阳的两个女儿并坐在轻舟上，一路观花赏景，来到了山清水秀的神州大地。

后来，姐姐嫁到了南方，妹妹嫁到了北方。

这一年，姐姐生了一个婴儿，用丝绸给他做了一个襁褓。因为婴儿啼哭时发出“唉咳，唉咳”的声音，所以把他叫做“孩子”，取名为“海斯特”，意为“汉族”。

据说，海斯特降生时，手里握着一块土地，他长大以后就种植五谷，成为农业民族的祖先。

第二年，嫁到北方的妹妹也生了个儿子，用毡袭给他做了一个襁褓。这个婴儿坠下母胎时，发出“安啊，安啊”的哭声，因此就把他叫做“安嘎”，取名为“蒙高乐”，意为“蒙古族”。

据说，蒙高乐降生时，手里拿着一把马鬃，因此他长大后就放牧马群和牛羊，成为游牧民族的祖先。

或许很多人都知道关于苍狼白鹿之说，鲜有人知道这个美丽的传说吧。

宽阔的"激流河"环绕着白鹿岛，静静流淌，传唱着一个永恒的故事。

天已经全黑了，路边的指示牌显示"奇乾"这个地名，大约距离我们现在七八十公里，我查阅地图发现，奇乾，距离额尔古纳的最北极端，也就是内蒙古的最北端——和哈达很近，内蒙古的最北端原先是决定要去的地方，但是天色已晚我们决定放弃了，这是我们一行人最为遗憾的一件事。

白鹿岛

对我而言，更为遗憾的是没有前往奇乾。

额尔古纳是所有蒙古族人民的圣地，是蒙古族兴盛的开端。而奇乾这个地名据考证就是“乞彦”，是当年蒙古人化铁熔山走向草原的祖地。

很早很早以前，有一个被称为蒙古的部落，与另一个被称为突厥的部落发生了内讧，终于引起了战争。

另一些部落战胜了蒙古部落，对他们进行了大屠杀，使他们只剩下了两男两女。这两家人害怕敌人，逃到了一处人迹罕至的地方。

这个地方就叫额儿古涅昆，那两家人的名字叫捏古思和乞颜。他们在这里繁衍生息，久而久之，人数增多了，额儿古涅昆这个地方再也容不下这么多人了。

于是，他们用七十张牛皮做了鼓风箱，用炼铁的方法熔化悬崖绝壁后，走到了广袤的大地。

从此开始了逐水草而居的游牧生活，直到成吉思汗诞生。

1206 年春，铁木真召集贵族及诸那颜（官员）在斡难河（鄂嫩河）源举行“忽里勒台”（大会），建九脚白旄纛，即大汗位，号“成吉思汗”。

敬献这个汗号的是晃豁坛人阔阔出。阔阔出，蒙古人称他为"帖卜腾格里"(通天使者)。他平日常说：“神在和我谈话，我在天上巡游。”

他对铁木真说:“神命你为普世的君主”。

“忽里勒台”之日，他对铁木真说:“如今，被称为古儿汗的这个地域上的君主，已被你一手征服，你已取得了他们的领地，你可以像他们那样地，采用一个同样意义的尊号:成吉思。”

阔阔出加重语气，继续说道:“神降旨曰:你的名字必须如此。”

蒙古语“成吉思”是“浩大强盛者”的意思，“成吉思汗”的含义同“古儿汗”都有“伟大至上的君主”之意。

于是，铁木真，被称为了成吉思汗。

成吉思汗建立的国家称为“伊克蒙高勒兀鲁思”，即大蒙古国，俗称“蒙古汗国”。从此，蒙古高原及其相邻地区群雄林立、互相争伐的局面得以结束，近百个大小不一各有名号的诸部都统一在大蒙古国的旌纛之下，按照统一的法律和军事行政机构组合起来。

欧洲人是这样描写成吉思汗的:

成吉思汗，他的个子很高，体格强壮，前额宽阔，有一对猫似的眼睛，晚年留着胡须。青年时代的流浪生活，对严寒和酷热的抵抗能力，超人的忍耐力，以及对创伤、失败、撤退和被俘等厄运的泰然自若的态度，都足以证明他顽强的生命力。在最恶劣的气候和最不稳定的环境磨炼下，他的身体从青少年时代起就习惯了忍饥挨饿。从一开始，苦难的经历就培育了他的精神。

这些经历把他锤炼成钢铁般的人，震惊世界的人。

这就是成吉思汗，被欧洲人称为“上帝之鞭”的人。

室韦，是全国唯一的俄罗斯民族乡。

室韦，一个家庭旅馆，店主是一位精明的中年人。

全部是木质的俄式木屋，条件还不错，晚饭吃面条和炸鱼。

在和店主聊天中得知，在室韦大部分是俄罗斯后裔，明天他可以带我们去一个俄罗斯人家看看。

店主自己烧的暖气，屋内很暖和。

早晨，被窗外的喧闹声惊醒，原来是广东的一群游客聚集在院内准备出行，旁边是一辆旅行社的大巴。天空中飘洒着零星的雪花。早餐在主人富有特色的餐厅内吃“列吧”和奶茶。

我来到额尔古纳河前，凝视着这条淌满故事的河。

额尔古纳河在静静地流淌，河对岸的俄罗斯镇子清晰可见。

我的耳边,缭绕着这一首缠绵不休的歌：

父亲曾经形容草原的清香
让他在天涯海角也不能相忘
母亲总爱描摹那大河浩荡
奔流在蒙古高原我遥远的家乡
如今终于见到辽阔大地
站在芬芳的草原上我泪落如雨
河水在传唱着祖先的祝福
保佑漂泊的孩子找到回家的路
父亲的草原母亲的河
虽然已经不能用母语来诉说
请接纳我的悲伤我的欢乐
我是高原的孩子啊
心里有一首歌
歌中有我父亲的草原母亲的河

这条河的河水，已经在蒙古族人血管里流淌了七百多年。

返回镇子，在店主人的带领下，我们来到另一家俄罗斯家庭旅馆，见到了女主人。途中遇见两位老乡正在干活，我们打招呼时发现都是纯正的俄罗斯面孔，向我们微笑着。

这是一家充满了俄罗斯风情的木屋，里面有几间客房，院子里还有秋千架。

女主人叫丽娜，她的父亲是蒙古族，是74师的骑兵，转业后在海拉尔武装部工作，后来到室韦工作，遇见丽娜的俄罗斯母亲，结婚。

丽娜是1969年出生的，正值中苏关系紧张，母亲怀孕期间白天还要干活，夜里还要写检查。

丽娜现在有一个女儿，在烟台上大学，看照片已经和普通的中国人没什么两样了。

母亲的亲属在“文化大革命”期间全部断绝了关系，现在要再联系，老人拒绝提供线索。

离开丽娜家，天空中的雪花开始变得密集起来。

在通往拉布达林的路上，我们经过一个叫三河乡的地方，听说是著名的三河马的产区。三河马是我国国产马中唯一能和外国马争雄的良驹。记得几年前，曾经从朋友那里，看到了朋友拍摄的马群，矫健的身姿令我至今难忘，我想，那画面中的马一定就是三河马吧。

额尔古纳市政府所在地叫拉布大林。

在这里，最为突出的应该就是额尔古纳湿地公园，这是号称亚洲第一的湿地。

额尔古纳湿地位于大兴安岭西北侧，额尔古纳河的东岸，总面积为12.6万公顷，属于额尔古纳河及其支流(根河、得尔布干河、哈乌尔河)的滩涂地。额尔古纳湿地是中国目前保持原状态最完好、面积较大的湿地，也被誉为“亚洲第一湿地”。

额尔古纳湿地是额尔古纳河与其三条来自森林高山区域的支流根河、得尔布干河和哈乌尔河交汇处包含的特别大范围的泛洪平原，并且在此形成一个三角洲，还包括根河、得尔布干河、哈乌尔河及两岸的河漫滩、柳灌丛、盐碱草地、水泡子及其支流。

额尔古纳河湿地这一区域属于全球两个重要的生态区域：达乌尔草原生态区域和黑龙江流域。

费劲气力爬到山顶，这里是一座很大的观景平台，伫立着一座巨大的石块，上面刻着“亚洲第一湿地”字样。字体苍劲有力，豪情霸气。

走到这里，我才感受深切，呼伦贝尔的多元性，和它的多元文化形成的独特文化气息，而彰显的独特魅力，像一股令人着迷的香气，令我周身充满了依恋和好奇。

额尔古纳河，这条缓缓流淌的河，像一曲温婉的歌，柔化了我所有情愫。我睁大眼睛，只为了看遍你的每一个角落，使我和你不再陌生。

呼伦贝尔之秋

呼伦贝尔秋天的瑰丽,是用树叶的金黄堆砌的。当那漫天满地的绿,透出一丝黄色,秋天的脚步声已经到了耳边了。

呼伦贝尔的秋天,是金色灿烂的。

我不想错过从绿色到黄色的变化过程,而总是每天天明一推门,黄意更浓,好像故意和我捉迷藏,我捕捉不到它的变化是怎样经历的,这曾使我很是遗憾。满眼的金黄色,给了我更多的神秘,我不知道哪里来的妙笔,把这金黄的颜色涂抹。

金色,从挂向天空的高处,流淌到地面上。金色,把我头顶上蓝色的天空,分割得很是凌乱;金色,铺在我脚下,踩上去松软却富有弹性。路两旁的树枝,几乎交织成网,我穿行在一个金色的甬道里,所以,很容易,忘记了我要去的方向。无论是你,还是我,又有谁不会在这样的金色里迷离?无论是起伏的山,还是平坦的地,都妆点金色的盛装,仿佛要去参加一个盛会。我望着,便期待着,这个盛大的仪式,究竟是怎样的盛会,使得天地为之拈霓弄裳;使得天地为之金色灿烂;使得天地为之装扮华贵?

这时候的阳光,就是盛装后的点睛之光,把金色赋予了光晕,推向了辉煌。

呼伦贝尔的秋天,是一座金色灿烂的宫殿,是一座有着皇家风范的堡垒,富足而张扬。在金色的季节,与秋相遇。

牙克石市

牙克石，满语，意为“要塞”，牙克石位于大兴安岭中脊中段西坡。

牙克石历史悠久，《盛就通志》称牙克石为扎敦昂阿，《中国历史地图集》标雅克萨。在距今6000年前的新石器时期，雅鲁河、绰尔河流域已有人类活动。

清代，今牙克石市所在地的名称叫“扎敦毕拉雅克萨”。“毕拉”是满语，“河”之意。“雅克萨”意为“涮坍的河湾”。

“扎敦毕拉雅克萨”就是扎敦河被涮坍的河湾。

牙克石位于免渡河与海拉尔河会合处的南部。清代，免渡河与今扎敦河统称为“扎敦河”。扎敦河流至今牙克石北部时，出现一个河湾洲渚，“扎敦毕拉雅克萨”就是因此河湾而得名。1732年，清政府为加强对呼伦贝尔地区的防守，从齐齐哈尔至呼伦贝尔（今海拉尔）设了十个驿站。其中一个便设在此地，称“扎敦毕拉雅克萨站”。

1901年修筑东清铁路取站名时，俄国日呢便将“雅克萨”讹传音转成了“牙克什”（后又将“牙克什”变为“牙克石”），并以此称定为站名。

后来随着人口增多和经济的发展，“牙克石”这个火车站名逐渐变成城镇的地理名称而沿用至今。

牙克石是一个东西走向的狭长城市，给我的印象就是有很多林业局，是名副其实的林城。牙克石旅游局的“庆格勒图”，一位精神饱满的小伙子，是我们这里的向导。

到了牙克石，正好赶上下雪了，这是秋季，却在这里与雪相遇。

后来，我们一直称庆格勒图为小庆，这样称呼他，使我们不至于很绕口，也亲切。这位小伙子非常讨人喜欢，又很沉稳，给我们的印象极好。

雪逐渐下得大了，四周是一片银白的世界。牙克石的旅游，“冰雪”是一大特色，甚至在旅游季节，还举行过“反季节滑雪”。

沿着公路向前行，路边出现了一群群的俄罗斯式“木刻楞”，有些是砖石木头混合的大型建筑。这种建筑很有异域风情，我每次看见这种建筑，都幻想何时会自己拥有一个，然后住在里面，就是住在我从小到现在一直编织的童话世界里了。而我，则变成了故事中的小女孩，那将是个最美丽无忧的故事。

拥有了一个木头房子，是否便拥有了一个童话世界?

我的梦还在继续编织着，我眼光流动处，滑过我的小木屋。

迎面到达了“凤凰湖国家水利景区”，阔大的湖面水平如镜。小庆说完全结冰后，这里就会成为德国“BOSCH”的测试基地，还可以进行冰上汽车驾驶旅游。

离开凤凰湖，我们一路沿着大河的边沿行驶，小庆说这条大河叫“扎敦河”，是海拉尔河的上游。河岸边红柳丛生，不时有原始的撮罗子隐现其中。我们在河流大转弯处停车拍摄雪中的扎敦河美景。

到达“凤冠高级滑雪场”，我们在雄伟的滑雪大厅前停车，整个建筑顶部呈现出滑雪弯道的模样。由于没有人，进不去，所以冒雪绕到大厅的后面。

这里是缆车间，几个双人缆车停留在房间内，还没有到滑雪的时候，所以没有运行。从这里望去缆索沿着山一直向上延伸，是目前国内最长的滑雪索道。

等我们返回滑雪大厅后门，终于有看门人来，打开了后门，进入大厅参观。庞大的厅内设施齐全，正中有滑雪器材的陈列区，摆放着大量的滑雪板、滑雪杆、鞋等。游客可以在这里租用。两侧分别是更衣区和休息餐饮区。

这是个很有规模的滑雪场，这里也一定飞扬着无数人的风雪梦吧？

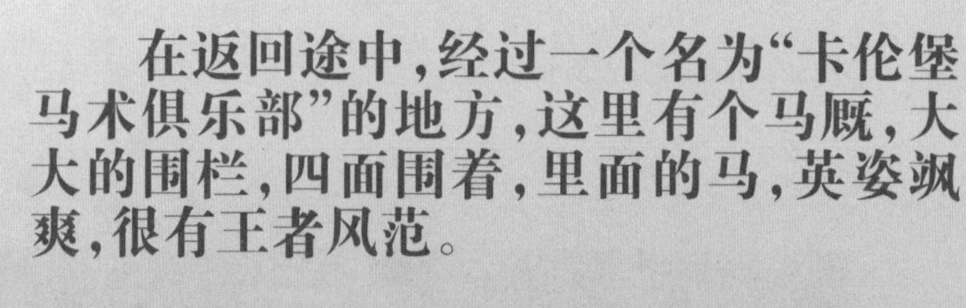

在返回途中，经过一个名为“卡伦堡马术俱乐部”的地方，这里有个马厩，大大的围栏，四面围着，里面的马，英姿飒爽，很有王者风范。

这里大约有几十匹马，还有一些在马厩和山林里，旅游季节，游客们可以不用开车，直接骑乘这些马，漫游观景。我想了想自己骑在马背上的样子，是不是也和我脑海中的英雄人物一样？不由得我挺直了脊梁。

小庆带领我们来到了“大兴安岭酒业”。

记得很小的时候，在商品奇缺的年代，我就见过“吉蜜斯”酒，“越橘酒”和“红豆酒”，那时候的果酒很少，所以印象深刻，而这些酒都是由这座酒厂生产的，现在这里已经被开发为牙克石工业旅游的一部分了。

酒厂内的建筑还有日伪时期的建筑，古老的水塔上还有弹孔，整个厂区其实就是一座原始森林，遍布着百年以上的古松和野果树。

酒厂已经从国营转制成为民营企业，由南方人经营，但大多数职工还是原酒厂的老职工。

路边，山丁子树在雪中，像羞涩的少女，蒙着面纱。

酒厂的酒库里，有一排排大大的木质酒桶，散发着果酒的香气，每桶能装5吨的酒。酒库使用已经50多年了，果酒在这里最少要经过5年的发酵期。

酒库里的工人告诉我，酒厂的酒全部是以野果为原料，遇到歉收年份，产量就会减少，为了保障供应，所以需要大量的储藏，像这样规模的酒库，一共有五座。

主楼的展览大厅里，陈列着酒厂个个历史时期的资料、获得的荣誉以及国家领导人视察的照片等，昭示着酒厂的底蕴和传承着历史的厚重。

这里生产的酒，曾经醉了多少人的心扉？又曾经渲染了多少人的快乐与幸福呢？

泉香而酒冽，玉碗盛来琥珀光，直饮到梅梢月上，醉扶归，却为宜会亲友。

以酒相送，告别小庆，告别牙克石。

新巴尔虎右旗

呼伦贝尔草原是世界四大草原之一，被称为世界上最好的草原。而其中的巴尔虎草原是呼伦贝尔最好的天然牧场。

巴尔虎,历史上专指大兴安岭以西广阔的草原地区,也称呼伦贝尔。现主要分布于中国呼伦贝尔草原及蒙古国东方省。

巴尔虎是蒙古族中历史最为悠久的一支,早在蒙古各部统一之前,巴尔虎的各种古称就已屡见经传了。《隋书》称之为“拔野固”,《新唐书》和《旧唐书》等称为“拔野古”和“拔也古”等。《元史》、《蒙古秘史》和《史集》等,称之为“八儿浑”、“八儿忽”和“巴尔忽惕”等。

巴尔虎在明代及北元时被称为“巴尔户”、“巴尔古”、“巴儿勿”、“把儿护”、“巴尔郭”等。清代的各种史料称之为“巴尔虎”,并相沿至今。

巴尔虎在清初的各种汉文史料中,亦曾被称为“巴儿呼”、“巴尔忽”等。自 1734 年(雍正十二年)成立“新巴尔虎八旗”以来,“巴尔虎”一词才作为一个规范性的固定称呼延续下来。

巴尔虎，是一个以游牧地区名称而得名的部族名称，其部族原驻牧地在内贝加尔湖以东巴尔古津河一带从事游牧和渔猎生产。《多桑蒙古史》言："在拜哈勒湖（贝加尔湖）之东，因有巴尔忽真水注入此湖，故以名其地。"。

按蒙古人以山河湖泉及游牧驻地名称命族名的习惯，他们便被称为"巴尔虎"了。

新巴尔虎右旗位于中国地图的"鸡冠"上，地处三界之交，与俄罗斯、蒙古两国毗邻。因为地理位置特殊，有人形象地用"鸡鸣三国"来形容它，意思是雄鸡报晓能够叫醒三个国家的人民。

新巴尔虎右旗政府驻地是阿拉坦额莫勒镇。

巴尔虎，系蒙古族喀尔喀部之一部落名，因该旗的巴尔虎人比陈巴虎旗的巴尔虎人进驻呼伦贝尔的时间迟两年，故名新巴尔虎。

蒙古语称西为右。1732 年清政府分两批从布特哈和喀尔喀蒙古车臣汗部，将巴尔虎部落迁来呼伦贝尔驻牧，寓兵于牧。编为左、右两翼八旗，隶属呼伦贝尔副都统衙门。1948 年建立新巴尔虎右旗。

新右旗具有得天独厚的丰富旅游资源，呼伦贝尔大草原的象征——呼伦湖、贝尔湖均在新右旗境内。

新巴尔虎左旗

新巴尔虎左旗有着悠久的历史、灿烂的文化。早在1万年前，著名的“扎赉诺尔人”就在这里生存，创造了呼伦贝尔的原始文化。

以后的东胡、匈奴、鲜卑拓跋、蒙古等游牧民族创造和留下了优秀文化遗产，关于巴尔虎的文字记载最早见于唐朝。

公元前209年，东胡被匈奴族击败，属匈奴左贤王辖地。隋唐时，室韦及室韦都督府进行管辖。辽代，由乌古敌烈统军司辖。金代，归东北路招讨司辖。

成吉思汗统一蒙古草原后，右翼万户长木华黎统治，后为哈布图哈萨尔封地，元代归岭北行省和林路辖。

明朝时，特古斯铁木尔辖游牧地。后置海喇儿千户所等所辖。

清朝雍正十二年(1734)，清廷自愿入籍的喀尔喀蒙古军臣汗部（今属蒙古国境内）巴尔虎兵丁2984人移住呼伦贝尔地区，按索伦兵制，将其中2400人编为40佐，分隶左右两翼八旗，并任命左右翼总管和副总管。内分四旗，是军政合一的纯游牧旗，两翼放牧地大体在乌尔逊河和呼伦湖两岸。

为区别于前两年移住呼伦贝尔地区的巴尔虎蒙古部，新移此地者称新巴尔虎，前移者称陈巴尔虎。由清政府军政处派统领一员进行统辖。

新巴尔虎左旗政府驻地是阿木古郎镇。

甘珠尔庙，又称寿宁寺，是呼伦贝尔地区最大的喇嘛庙。庙中主供释迦牟尼、官布、扎木苏伦等佛像，由于寿宁寺曾收藏过藏蒙文《甘珠尔经》，故而又得名为“甘珠尔庙”。

此庙于清乾隆三十六年(1771 年)御批并由清廷拨银建庙。乾隆三十八年(1773 年)破土动工。乾隆五十年乾隆帝赐庙号并题写“寿宁寺”匾额。该庙前后建 11 座庙宇、4 座庙仓、100 多间伽蓝，总建筑面积 1 万余平方米。庙中喇嘛最多时达 4000 余名，其中常住庙者 400 余名。

甘珠尔庙兴建时，因为技术缺乏、天气寒冷等各种因素，所以建造时间非常漫长，有记载说建了九年，也有记载说建了十二年。

这个寺庙虽然是宗教寺庙，却对地方经济的发展以及人们生活的稳定,起到了不可忽视的作用。

人们虔诚地膜拜着,祈福这里风调雨顺、牛羊肥壮。甘珠尔庙是人们心中不可动摇的信仰,几乎成了当时这方领地的社会核心。许多年以来,人们不断地修建和扩建着这所寺庙,使它的规模越来越大,香火也越来越旺盛。

直到“文化大革命”时，焚毁了这座拥有二百多年历史的寺庙，但虔诚的人们不断还来到这里，对着焚毁后的残垣断壁膜拜。直到二十世纪，政府顺应民意，给予了重新翻建。甘珠尔庙恢复了往日的风采，以崭新的英姿更为飒爽地屹立在草原之上。

暂新的甘珠尔庙，凝聚着的，已不仅仅是一个信仰。

静看草原上日沉日落，满腔的忧伤已不再是无家可归。

广阔中，一处建筑格外醒目。那里，就是诺门罕战役陈列馆。

诺门罕战役，起因于侵华日军和外蒙军为诺门罕以西，直至哈拉哈河这块呈三角形地区的归属问题，最后引起战役。

1939 年 5 月至 9 月，日本关东军、伪满洲国军与苏、蒙军几十万人，在这块不毛之地进行了一场激烈的战争。此战双方调用了除海军以外的所有兵种和现役装备，尽出主力大动干戈，以关东军惨败而告终，日本陆军省被迫承认“诺门罕之战是日本陆军自成军以来首次惨败”。

日、俄双方的军队分别代表“伪满洲国”及“蒙古国”交战（以苏联朱可夫元帅和蒙古人民共和国乔巴山元帅为领导的苏蒙联军）。

从军事角度上看，苏联通过此战检验了陆、空军的各种新装备，锻炼了年轻军官，也提升了士气。特别是锻炼了一代名将朱可夫，为即将到来的卫国战争储备好了帅才。

苏军还在此役中首次实施了空降作战，首次使用了“进攻防御”和“夜间强光照明”的战术，首次采取了电子干扰战和心理战，后勤部门还创造了超远距离连续补给的战争奇迹。所有这一切都在后来的卫国战争中得以广泛采用，给德国法西斯以沉重打击。

诺门罕战役，使东北关东军向西侵略的企图彻底落空，进而促使日军不得不放弃“北进政策”而选择“南进政策”，进攻太平洋诸岛，偷袭珍珠港，最终导致日本法西斯完全覆灭。

日本史学家称这场战争为“日本陆军史上最大的一次败仗”。

这是蒙古国历史上重要的战役之一，蒙古国为战争爆发 70 周年作纪念活动，修建了这个陈列馆。

诺门罕战役
遗址陈列馆

陈巴尔虎旗

陈巴尔虎旗位于内蒙古自治区东北部呼伦贝尔市西北部，是著名的呼伦贝尔草原牧区四旗之一。

陈巴尔虎旗政府驻地是巴彦库仁镇，距呼伦贝尔市政府驻地海拉尔区34公里。

陈巴尔虎旗历史文化悠久，多民族聚居。是“一代天骄”成吉思汗的古战场。早在1732年，巴尔虎蒙古部族就来此驻牧戍边，至今已有276年历史。

1919 年建旗，至今 89 年。境内有世界唯一的纯天然草甸草原，有“天下第一草原”、“天堂草原”之美称，是呼伦贝尔草原的精华，是呼伦贝尔市重要的畜产品生产基地。

水资源丰富，有“天下第一曲水”美名的莫日格勒河和海拉尔河、额尔古纳河等 5 条河流，大小湖泊 317 个，天然矿泉 95 处。

在巴尔虎人传说中，远古时期，有一个名叫巴尔虎代巴特尔的猎人，他在森林茂密、野兽出没的贝加尔湖畔过着狩猎生活。

一个阳光明媚的日子，他像往常一样沿着贝加尔湖畔去打猎，却意外地发现澄澈的湖水中有7个美丽的女子在洗澡，她们的衣裳就放在湖岸的一块石头上。巴尔虎代巴特尔趁她们尽情戏水的时候，悄悄拿起一身衣裳藏了起来。

绝色少女们洗完澡穿上了各自的衣裳，立刻变成了雪白雪白的天鹅。最小的少女眼看着姐姐们都飞上了天空，焦急的流下了眼泪，丢了衣裳的她没办法变回原来的样子了，巴尔虎代巴特尔走出来安慰她，并把她带回丛林深处的家中。后来，她就成了他的妻子，日子过的十分美满。

转眼几十年过去了，他们生育了11个男孩。这11个男孩长大后，各自成了家，他们的后代，繁衍成巴尔虎最初的11个姓氏。

巴尔虎人是巴尔虎代巴特尔与白天鹅变成的妻子的后代，这个优美的传说一直保留在巴尔虎人和他们的近亲布里亚特人的记忆中，世代相传。

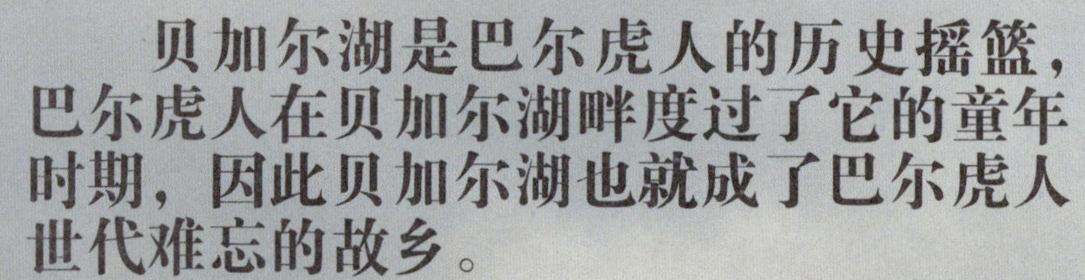

贝加尔湖是巴尔虎人的历史摇篮，巴尔虎人在贝加尔湖畔度过了它的童年时期，因此贝加尔湖也就成了巴尔虎人世代难忘的故乡。

JIN
ZHANG
HAN
入口
Entrance

呼伦贝尔之冬

关于呼伦贝尔的冬天，在寒冷深处，凝固记忆！

这里所说的冷，概念可非同一般。呼伦贝尔的冬天，是寒冷异常的。

小时候，我在那里生活过几年，每当回忆起童年，太多的记忆都是关于冬天的。

呼伦贝尔的冬天，是银装素裹、晶莹剔透的。

记得很多次，我在酣睡中被父亲轻声叫醒，赖在床上不起，父亲总是把棉裤用火烤热之后，把我的腿伸进热热的裤腿里，我才会离开暖暖的被窝。

外面的天灰蒙蒙的，父亲告诉我，下雪了。

父亲欲推开房门，却推了几下没有推开，转头笑着看我，说，雪把房门挤住了，要我和他一起推。我把身体弯成一个九十度角，费力地合着父亲的节奏，终于推开了门。

气喘吁吁后，获得一个银白的世界。雪厚得遮盖了所有的一切，偶尔的起伏，记忆着下面的结构。在一片银白面前，我兴奋得不知所措。

门的前面，是开门时，留下的一个美丽的扇形。这个美丽的扇形，曾是我很多年后，梦中关于故乡不可缺少的一个图形。

雪，圆圆地堆砌，没有生硬的棱角，有的只是柔和的弧线。白，又非常的完美，使我不忍心踏上去，破坏这一种完整。

每当这时候，父亲总是让我踩着厚厚的雪，走向院子的大门，每每，我边走边回头看着自己一个个小小却深深的脚印，每一步都是小心地踏上去，每一步都是很认真地陷在雪中，怕走错了方向，也怕有了瑕疵。

雪没过了我的膝盖，我要抬腿很高，才能跨出下一步。垂直插入，垂直拔出，双腿沾满了雪才会走到院子的大门口，转过身，看着脚印在雪地里扎出的一个个小坑。

而父亲总是笑眯眯地问我，能不能扫雪了？能不能把你的脚印扫掉了？我等在那里，看父亲清扫掉我一个脚印，然后又是一个……一直到我身边。

上学路上，行走的人们在雪地里踩出了深深的两条沟。我跟在父亲身后，在几乎到我大腿高度的雪沟里穿行，而脚下依然是雪，踩上去咯吱咯吱地响。

笼里的光，曾托举着我年少时多少梦想。父亲总是在把灯笼杆竖起后，骑着自行车，带我到远处一个高一些的地方，回望着自家的灯笼杆，和我谈论着今年的灯笼杆是不是最高。

父亲总是把我的梦想挂在最高处。

春节，除了挂灯笼，就是贴对联很有趣了。父亲和我计划好先贴哪一张对联后，站在凳子上面，我在下面拿着对联和浆糊，父亲把浆糊抹在大门边的木头上，笑着催我，快点，快点，一会儿冻住了。每次我都手忙脚乱，忘记了我们商量好的规划。

望着贴好的对联，映红了我的双眼，在白色的冬季里，这红，是我梦里唯一的颜色。

长大后，有一次和父亲谈起贴对联，我问父亲，那时对联一定不是粘上去的，是不是冻上去的啊？父亲笑得把眼睛眯成了一条小小的缝。

父亲是我成长中测量身高永恒的参照。那一年，我的身高长到了父亲的胳膊肘；那一年，我的身高长到了父亲的肩膀；那一年，我的身高长到了父亲的眼睛；那一年，我在转头间，看见了父亲被风吹起的白发……

“一座山，隔不了两两相思，一天涯，断不了两两无言，我独饮那一碗孟婆汤，把自己葬于山谷间，静听那涓涓流水，那清风伴着落花飞舞！且听风吟，吟不完我一生思念，细水长流，流不完我一世情深。”

这段话，敬献给我的父亲，我远在天国的父亲。

有人说，女儿是父亲前世的情人。而我祈求，来世，还做父亲的女儿。

父亲走了，冬天寂寞了。

寂寞的冬天，不管是寒风如何呼叫，不管是雪花如何飘落，冬天之势越强劲，寂寞越浓郁。

寒冷与寂寞，我站在满是雪的冬天，望着前面，所有的一切都是白色的，仿佛，寂寞褪去了颜色。于是，寂寞便有了颜色，寂寞是白色的。

寂寞了，便孤独了。

寒风中，双手捂着我孤寂的心，隐隐，似乎有些疼痛，是寒风冻疼了我的心。

雪花，美的让我心颤，那纯洁的颜色和那娇美的身姿。雪花，轻柔而无声地飞舞，悄悄地覆盖着过去的一切，如烟，如纱，过去便似梦了……

景色是随心而动的，你若幸福洋溢，它便激情荡漾；你若些许感伤，它便黯然神伤。景色是最为灵动的情愫，是最呼应内心的精灵，景色才会如此使人沉迷。怀着不同的心境，看着不同的景色，拥有一双发现的眼睛，拥有一番别样的天地。

草原究竟是什么模样？我无法归纳出一个固定模式，圈定一个草原印象。每一次走进，就有一次不同。究竟是草原多样，还是心绪繁杂？

我的心啊
在天边
天边有一片
辽阔的大草原
茫茫草原
天地间
洁白地蒙古包
散落在河边
我的心啊
在高山
高山深处时
巍巍兴安
巍巍兴安
云海间
矫捷的雄鹰
俯瞰着草原
呼伦贝尔
大草原
白云朵朵飘在
飘在我心间
呼伦贝尔
大草原
我的心爱
我的思恋
我的心啊
在河湾
额尔古纳河
穿过了大草原
草原母亲
我爱你
深深的河水
深深地祝愿
呼伦贝尔
大草原
白云朵朵飘在
飘在我心间
呼伦贝尔
大草原
我地心爱
我地思恋……

朋友浑厚的歌声再次想起，唱响了我心底的旋律，竟使我眼含泪水。这旋律，是诉说，是记忆，是思念，是慰籍不了的感伤。

一段时间，喜欢一段音乐。听一段音乐，怀念一段时光。

难过了，静静地蹲下来，抱着自己，让眼泪尽情挥洒。

呼伦贝尔是一个透明的世界，空气是透明的，景色是透明的。冰雪也是透明的。

海拉尔市

海拉尔，是呼伦贝尔的核心城市。

“海拉尔”是因城市北部的海拉尔河而得名。

海拉尔河在《辽史》中写作“海勒儿”，《元史》称“海喇儿河”，后来也汉译“海兰儿河”、“合沕里”等。其含义是什么，众说纷纭，长期以来有四种说法比较流行：

第一种最流行的是“野韭菜”的意思，考证者还用《蒙汉辞典》来作证，说“哈利亚尔”是野韭菜生长的地方，这里有大片的野韭菜，这条河也就叫海拉尔了。

第二种说法是“流下来的水”之意，持这一观点的人用翦伯赞的《内蒙访古》一文为依据，看来也有一定的道理。

第三种说法是“桃花水”之意，这与前一种说法大致相似，只是更进一步，他们认为蒙语的”融化”、“融雪”也语音为“海勒”，春天大兴安岭西坡冰雪消融，其水汇成河——海勒，故得“桃花水”之意的河名了。

第四种说法是“黑色”之意，但其解释是海拉尔河两岸牧草繁茂，呈深绿色，远远望去，与蓝天、白云、绿地之间有如黑绿色飘带，所以也称之为墨色之意。

据史料记载，海拉尔城建于 1734 年，当时称为“呼伦贝尔城”，也称“呼伦城”，历史上曾为沙俄和日本帝国主义侵占，伪满时期是兴安省省会城市。

你在这里所见的所有颜色，都是干净透明的，你在这里每次推开窗，呼吸到的空气都是干净透明的。所以，我闭上眼睛，想着呼伦贝尔的样子时，首先映入脑海的，便是一片透明的天地。

当你见到了美丽，那时你会发现，语言和文字是那样的苍白无力，无法平复内心的狂澜。美的冲撞，散落下来的星星点点，已足够谱写动人的篇章。可怎奈何，把这样惊心动魄的美，展示于键盘之上却是无力的。

把眼睛带去，去看草原。如果说，草原的风姿是风情万种的，那么呼伦贝尔应该算是最妖娆的。

时代广场

海拉尔，这是一个别有欧式风格的城市，干净清新，多元文化的交融，把这里打造成一个分外独立的个性，疏离而高贵。

尤其是华灯初上，灯光妩媚了这个城市，就连平常的小巷，也平添了风情。雍容华贵，温暖丰盈。酒酣之夜，摇曳的梦想，随着空灵的歌喉一起飞翔。

徘徊于街头，人群中穿行，发呆时也许会想，这里可有在迷路时牵引你的那只手？还是放手后，便成了风景的缘份？前世的五百次回眸换得今生的一次擦肩而过，我用一千次回眸换得今生在你面前的驻足停留。静者心多妙，超然思不群。

那傲立着的，粗粗细细的树木，编织着情网，网住所有的痴缠，丛林间蔓延至楼宇间。山有木兮木有枝，心悦君惜君不知？我想，山、木是知道的，它能读懂的，是我一双含情的眼眸。

一个城市，摆布着形形色色的建筑物体，多有雷同，可每个城市却讲述着自己的故事，或金戈铁马、或刀光剑影、或悠长绵厚、或诗情画意，沉淀而成的是一种气息，也或者可以说，是一种集体人格，是文化。

海拉尔，是独特而美丽的。

满洲里市

满洲里，原称“霍勒津布拉格”，蒙古语，意为“旺盛的泉水”。

1901 年因东清铁路的修建而得名，俄语为“满洲里亚”，音译成汉语变成了“满洲里”，是一座拥有百年历史的口岸城市，素有“东亚之窗”的美誉。

满洲里是我国最大的陆路口岸，背靠我国东北和华北经济区，北邻俄罗斯，西连蒙古国。1992 年批准为开放城市，从此经济走向了腾飞之路。

满洲里，是一个非常美丽的城市，中国文化和俄罗斯文化交融共生，大街上行驶着两个国家的车辆，两个国家人的面孔在街上随处可见。更多时候，有置身于俄罗斯国家境内的感受。

这里也是一个繁荣的城市，贸易的兴旺，托举了一个城市的经济基础，满洲里就是在这样的环境中被冲撞、稳健的成长起来的。

俄罗斯文化在这里滋长，也是有多年的传承的了。这里的建筑，几乎全部都是俄罗斯风格的，饮食习惯也是交融的。不管是这里生活着的中国人还是俄罗斯人，都很享受着这样的交融文化，眷恋着这里的氛围，把这里做为身体和心灵的家园。

满洲里，像一朵瑰丽的花儿，开放在北疆，芬芳着两个不同的领地。

庄严肃穆的国门，震撼着每一个中国人的心，这是我们的祖国，脚下，是我们祖国的土地。这庄严，凝聚着一个民族的自豪。

这或许就是国门的魅力所在吧？每次到满洲里来，必须要去看看国门。这是我听到很多人说过的话。今天，我站在国门脚下，或许，才清晰了这个概念。

远远的凝视，我心中有了力量。

中华人民共和国

呼伦湖，也叫达赉湖，蒙古语，意为“海”，就是说像海一样的湖，可以想象这个湖的面积一定很大。达赉湖，水质清冽，甘甜柔美，里面的鱼虾种类繁多，一顿全鱼宴，完美的诠释了这里的人间美味。

在冬天，捕鱼是很壮观的场面，凿开一个冰洞，下网捕捞，极冷的温度下，很快鱼就冻僵了，人们便拿着铁锹铲着鱼，扔向汽车的鱼槽里。我听着朋友讲这个场景，脑海里是一幅幅的画面，很像小时候，小人书里画的丰收的图画。

关于呼伦湖，在草原上流传着许多动人的传说，最动听的是呼伦与贝尔的故事。

很久很久以前，这方丰茂的草原上有一个勤劳勇敢的蒙古族部落。部落里有对情侣，姑娘叫呼伦，聪明美丽，能歌善舞；小伙子叫贝尔，果敢坚毅，善射能骑。

他俩和乡亲们一样无忧无虑地生活在祥和的草原上。

一天，妖魔莽古斯带领着狼虫虎豹杀向了草原，他依仗头上带着的两颗神力无比的碧水明珠，肆虐着草原，河水被吸干，牧草枯黄，牲畜倒毙。接着又施放出弥天的黑雾抢走了呼伦姑娘。

贝尔为了草原，为了呼伦姑娘，率领乡亲们同莽古斯夜以继日的殊死拚杀。呼伦看到这番凄惨景象，便假意取悦莽古斯：“你头上的明珠若给我一颗，日后便应允你的愿望。”莽古斯忘乎所以，连声说好，把其中的一颗递给了呼伦。呼伦知道一颗珠子就是一汪碧水，为了滋润草原，她毅然把珠子放入口中，訇然化作茫茫碧水。

莽古斯傻了眼，身上少了一颗珠子，神力已减少了一半，贝尔追上了莽古斯，拉开张如满月之弓，一箭射中了他的心窝。贝尔缴获了另一颗明珠，带着胜利的喜悦四处寻找呼伦，这时才知道呼伦已化作滋润草原的女神。悲怆的贝尔发誓永远守护在呼伦的身边，当即吞下了另一颗珠子，登时呼伦湖之南又现一泓碧水。

当地乡亲们为了纪念他们，就把这两座湖分别取名呼伦湖和贝尔湖。故事流传了很久很久，有人说今天的贝尔湖水经乌尔逊河长年流向呼伦湖，其实这日夜流淌着的河水正是贝尔对呼伦的不尽思念。

有些思念，无法诉说，便成了心里流淌的歌。有些离别，无可奈何，便成了生命中永恒的遗憾。

别了，满洲里，渐渐远去的我，看着渐渐远去的小城，小城犹如一缕冷香，永远凝结在我的心头，偶尔的微风，便掀起熟悉的味道。

安娜中西餐厅
АННА
РЕСТОРА

鄂温克族自治旗

鄂温克自治旗，当地人称为鄂旗。旗政府所在地是巴彦托海镇，蒙古语，意为“富饶的河套”，因为距离海拉尔极其的近，向南不到十公里，当地人称它为“南屯”。

由于几乎和海拉尔连在一起，外地人是很难分清楚区域的界线到底在哪里的。只是，在我看见了鄂温克博物馆这个建筑物时，我才会确定我此时的位置一定是在鄂温克族自治旗境内。

鄂温克博物馆，是一个外观很现代的建筑，从外观上的感受，很难和这个古老的民族融合。

公路边上，一处金光闪闪的寺庙，是呼和庙。

宣传牌上面写着“呼和庙民俗生态园”。

呼和庙，是这里牧民们非常信仰的一座庙，每天都有大量的牧民前来，尤其是在特定的日子里面，更是信徒云集，因此形成了独特的民俗景观。

呼和庙始建于清朝1784年，属于藏传佛教喇嘛庙，直到新中国成立前，这里一直是巴彦套海的地理、商业、文化和政治的中心。

1931年九世班禅确吉尼玛曾经在这里坐禅讲经。1945年被战火毁坏，“文化大革命”期间被拆毁。2006年，在广大牧民群众的呼吁下，自治区政府宗教事务局批准复建鄂温克旗呼和庙。现在看到的就是复建以后的崭新庙宇。

这座庙原来的遗址现在镇子里面。

蓝天白云下，八座白塔排列在庙门前。

殿内传来悠扬的诵经声，还有鼓声和悦耳的铃声。

大殿内，喇嘛们在念经，还有一些虔诚的牧民也在念着经。

这个庙，光芒耀眼，全新的建筑和艳丽的颜色，使我的内心深处有了些许迷茫，我找不到记忆里深藏着的古老。

南屯有一座天下第一敖包——巴彦胡硕敖包。

每年祭祀敖包的日子是公历 6 月 18 日，由旗政府主办，这一天也是鄂温克民族传统的"瑟宾节"，将举行盛大的赛马、博克、布龙比赛，还有抢枢（枢就是连接勒勒车轮子的轴）、抢银碗的表演，盛况空前。

另外在每年的阴历 5 月 13 日，由当地的牧民们自发地祭祀敖包。

在内蒙古，有数不清的敖包，也有很大很有名气的，但是真正能够做到家喻户晓、天下闻名的几乎没有。

巴彦呼硕敖包之所以拥有如此崇高的知名度，与一部电影和一首歌曲有关。

耳熟能详的《敖包相会》这首北方蒙古情歌，就是从巴彦呼硕敖包唱遍了中华大地的。上世纪五十年代，北京电影制片厂的第一部以草原为题材的影片《草原上的人们》在巴彦呼硕敖包山上开拍了，电影的编剧是北影的编剧、作家海默先生，影片拍摄的很顺利，只是主题歌迟迟没有着落，在一个月色如水的夜晚，海默走出蒙古包倘佯在草原上，不经意间他抬头仰望敖包，在月光中有一对青年男女站在敖包旁，似乎在诉说着什么，海默顿时来了灵感，迅速回到蒙古包，拿出纸笔，写下了《敖包相会》这首歌的词。

他马不停蹄地来到土生土长的达斡尔作曲家通福先生的蒙古包，通福对草原是非常熟悉的了，他看过歌词，一挥而就谱写了这首歌的曲子。

半个世纪在弹指间流过，人们或许淡忘了影片的情节和人物，但《敖包相会》仍在广泛传唱，"十五的月亮"仍然升起。

为了纪念鄂温克草原上拍摄的第一部影片，为了纪念鄂温克草原上的通福先生，也为了证明敖包文化从这里扬名，草原上的人们恭请小说原作玛拉沁夫先生题写了《天下第一敖包》刻在石碑上。敖包前，除了有玛拉沁夫先生题词的"天下第一敖包"石碑，还有原自治区领导人布赫题词的"灵光"石碑。

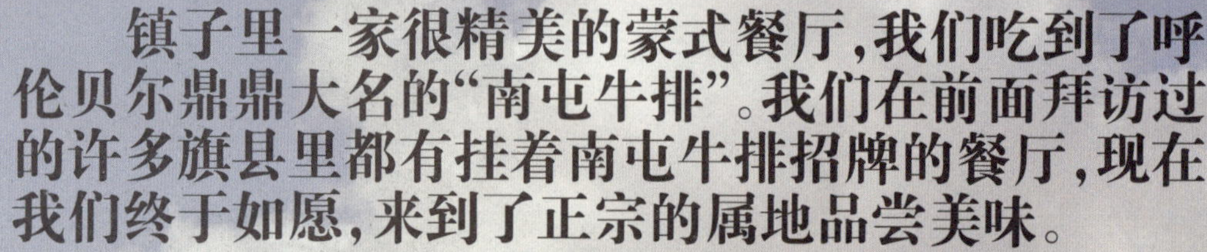

镇子里一家很精美的蒙式餐厅，我们吃到了呼伦贝尔鼎鼎大名的“南屯牛排”。我们在前面拜访过的许多旗县里都有挂着南屯牛排招牌的餐厅，现在我们终于如愿，来到了正宗的属地品尝美味。

水煮的牛排，鲜嫩香美，还带有一起煮熟的大块土豆。蘸料除了蒜蓉辣酱、野韭菜花以外，还有一种叫做“菜沫”的蘸料，绿绿的颜色，说是用蒜菜叶、青椒、芹菜等打碎做成的。我用它蘸上牛肉一尝确实不错，有蔬菜的清香。

散发着强烈肉香和滋滋作响的“烤牛排”，外焦里嫩，纯粹用炭火生烤出来的，具有原始的牛肉风味。配上红酒，真是绝妙。

牛肉香气浓郁的确与众不同，南屯牛排之所以与众不同，在于这里的牧草大多是一种叫做碱草的植物。

非常特别的是，用很粗的牛肠子灌制的“肝肠”，成分主要是牛的肝，特别好吃，但是因为粗大，不好切，弄得不好，就涣散成为细碎的一滩。我们干脆豪爽地用手抓着吃，那沁入心扉的香味，令我们至今仍回味无穷。

呼伦贝尔的美丽，是我们回来后说了很久的话题，每次聊起呼伦贝尔，总是以呼伦贝尔的美食为结束的。每每，朋友总是说，聊得很饿，无以慰籍。

海兰察，是鄂温克族著名的历史人物，人们建了海兰察公园。

姓名：海兰察

生卒时间：公元 1740 年~1793 年

出生地：鄂温克

主要时代：明清

清朝著名将领，世居西布特哈阿伦河、依拉达屯。后隶满洲镶黄旗。

乾隆二十一年（1755 年），以马甲从征准噶尔，镇压阿睦尔撒纳叛乱，擒辉特台吉巴雅尔，赐号额尔克巴图鲁，擢头等侍卫。

三十二年，从征缅甸，败敌于戛鸠江，授镶黄旗蒙古副都统。旋留军防边，移镶白旗蒙古副都统。三十六年，率鄂温克兵征金川。次年，进攻路顶宗及喀木色尔，破卡寨五十、碉三百，擢正红旗蒙古都统。三十八年，征大金川屡获姓，后因美诺等地失守，受责停俸。次年，收复罗博瓦，授内大臣。旋又赐号绰尔和罗巴图鲁。四十一年，平金川，封一等超勇侯，图像紫光阁，授领侍卫内大臣。四十六年，参与镇压青海苏四十三领导的回民起义，步战中枪伤，克华林山。后三年，复督巴图鲁侍卫镇压回民义军。五十二年，从征台湾，镇压林爽文起义，晋二等超勇公。次年，台湾平，再次图像紫光阁。五十六年，廓尔喀侵后藏，率巴图鲁侍卫和鄂温克兵进讨。明年，抵第哩浪口，率兵出中路，进屯擦木，攻克济咙。遂进兵密哩顶，抵旺噶尔，深入八百七十里。师至旺堆后，进驻雍雅山，廓尔喀乞降，不许。清军攻城夺卡，屡战获胜。抵集木集山后，廓尔喀惧，投降。晋爵一等公。为祖国的统一，反抗外来侵略做出了贡献。曾在黑龙江南屯鄂温克地区建第一个喇嘛庙，传播佛教文化。病故，谥武壮。

每一个民族都有自己的英雄，激励后人也振奋一个民族。那些走过的先人们，不论是哪一个民族的英雄，都是值得我们后来人敬仰的。我把深深的敬意和祝福送给英雄，送给这个民族！

后记
呼倫貝爾

岁月，经得起多少人的等待？只有这草原，经得起千万双眼眸的审视，千万次的砰然心动，千万次的柔情似水，千万次的波澜起伏，依旧，柔美在大地之表。

深深的缱绻，弥漫着草原深处，蔓延成一种极致的绝美，重复着一个恒久的故事。

当心路走到了终点，这便是一个讲完了的故事。

也许有很多东西，只有自己的心是清晰可见的，无人可以诉说，也只有用文字，记录着旅行的意义，用时光燃烧昔日的爱情。旅途中，整理一心记忆的碎片。

静静地坐在草原上，默默地与草原对望。我喜欢这样时光里，淡淡的温柔。邂逅草原，我只是一个陌生人。爱上草原，你才知道，那情、那爱、那相思，已婉转千年。

我和草原在一起，如同染上尘埃的草原一般，共同等待一场风雨的洗礼。于是，便是重生了，忘记了素不相识，忘记了初见，忘记了拥抱，也忘记了微笑。

那一天，我说我喜欢呼伦贝尔这一片草原，便带着行囊随你而来。

那一天，我说我爱上了呼伦贝尔，便走向草原深处，因为我相信，只有陌生的心才是最远的距离。

而这一天，我回首远望，和你说再见时，眼泪，让我懂得了脆弱。我只能在记忆里，重新拼起我的坚强。

多少浅浅淡淡的转身，是别人看不懂的情深。

图书在版编目(CIP)数据

呼伦贝尔美 / 姜苇著;尚永强摄.—呼和浩特:内蒙古人民出版社,2013.6

(让世界近看内蒙古 / 石玉平主编)

ISBN 978-7-204-12263-9

Ⅰ.①呼… Ⅱ.①姜…②尚… Ⅲ.①游记—作品集—中国—当代 Ⅳ.①I267.4

中国版本图书馆 CIP 数据核字(2013)第 134390 号

让世界近看内蒙古——呼伦贝尔美

主　　编　石玉平
摄　　影　尚永强
著　　　　姜　苇
责任编辑　侯海燕　尚永强
装帧设计　张项军
出版发行　内蒙古出版集团　内蒙古人民出版社
地　　址　呼和浩特市新城区新华大街祥泰大厦
印　　刷　内蒙古爱信达教育印务有限责任公司
开　　本　787×1092　1/16
印　　张　17
字　　数　100 千
版　　次　2013 年 7 月第 1 版
印　　次　2013 年 7 月第 1 次印刷
印　　数　1–3000 册
标准书号　ISBN 978-7-204-12263-9 / I·2438
定　　价　58.00 元

如出现印装质量问题,请与我社联系。
联系电话:(0471)4971562　4971659
网址:http: // www.nmgrmcbs.com